あたっくNo.1

樫田正剛

幻冬舎文庫

あたっくNo.1

１９４３年2月11日、
大日本帝国海軍潜水艦「伊18号」は、
ガダルカナル沖にてアメリカ海軍駆逐艦の爆雷攻撃により撃沈した。

この物語は１９４１年、伊18号に実際に乗艦して真珠湾攻撃へ向かった
ひとりの乗組員の日記をもとに描かれている。

その日記が書かれた小さな手帳の中には、
男たちの笑顔と青春があった。

目次

プロローグ

「貴様は接吻《せっぷん》したことはあるんか」

波音と乗組員たちのいびきとモーター音が交錯する後部兵員室に、低い声が響いた。

潜水艦の兵員室は狭くて暑苦しい。寝返りも打てないほどの狭いベッドに、ランニングシャツを脱ぎ捨てた上半身裸の男たちが、体をくっつけながら泥のように眠っている。寝顔は不用心このうえなく、口をあけて、ヨダレを垂らしている者もいる。隣の男のヨダレが肩にピチャッとつくが、その程度のことで起きようとは思わない。翌日の任務のことを考え、十分な睡眠をとらなければならないからだ。

だが今日は眠れない。理由は「接吻」だ。

「接吻したことはあるんか」

「どんな感じやったんや？」「柔らかいんか？」「噂ではつきたての餅のような感触らしい」

「歯はぶつからへんのか？」ひとりの男が執拗に聞いている。

すこし離れたベッドで人目を盗んで日記を書いていた柏田勝杜《かしわだかつもり》が、万年筆を止めてじっと聞いていた。

たぶん、あいつも感じているのだ。

俺たちは死ぬかもしれない。


昨日のことだ。昭和16年11月18日、広島の呉《くれ》軍港に集められた俺たちは、行き先も告げられずに潜水艦伊18号に乗艦した。

昭和12年7月7日。北平の盧溝橋《ろこうきょう》で起きた発砲は中国各地へと戦線を拡大し、昭和15年以降、アメリカをはじめ列強による我が国への経済制裁をもたらす。昭和16年7月の南部仏印への皇軍平和進駐以来、新聞各紙は明日にも戦争が勃発するのではないかと思われる激越なる記事を並べ、宣伝機関は既に戦争状態に突入していた。今回の乗艦に誰もが「戦争」のニオイを感じていたことは確かだった。

乗艦後にそのことを初めて感じた奴は、慌てて心残りのいくつかを考える。その中のひとつに女を抱きたかった、接吻をしたかった、せめて手を握りたかったなどがある。勝杜は思った。あの男に比べて俺は幸せだ。

接吻の経験はある。

たった一度の接吻だったが、その想い出がある。
彼女にまた会いたい。生きて会いたい。
そう思うだけで強く生きていける。

大正5年、北海道の小さな漁村で9人きょうだいの長男として勝杜は生まれ育った。勉強が好きで進学を夢見ていたが、生家はそれを許してくれるほど裕福ではなく、国鉄か郵便局で働くことを考えていた。そんなときに小学校の校長が家にやってきて「勝杜君のような勉強が好きな子どもはなかなかいない。どうだべ、海軍に入れてみては」と両親に話を持ちかけた。海軍に入れば勉強もできるし、学費は不要、しかも入った年から給金も出る。さらに技術を習得して帰省すれば、将来は安泰だ。
校長の言葉に、小さな水産加工業を営んでいた父親は「徴兵ではなく志願で海軍に行くことは誇らしい」と言った。昭和8年6月1日、勝杜は意気揚々と横須賀海兵団に入団。5ヵ月間の訓練終了後、鳳翔《ほうしょう》、八雲、沖島などの艦艇に乗務し、横須賀の海軍工機学校・普通科電気術、呉の潜水学校・潜航術掌電気、再び海軍工機学校・高等科電気術で発電機などを扱う電気技術を学んだころには、海兵団入団から4年の歳月が流れ、勝杜は22歳になっていた。

小学校の校長が海軍に行けと言ったのは、校長の善意からではなく海軍の人材募集任務として貧しい子どもたちを説得していたからだということを、海軍に入ってから知った。だが勝杜は校長に感謝していた。校長が言ったように、給金を得たことで幼い弟と妹たちがいる実家に送金できたうえに、授業料がかからずにさまざまな勉強ができたからだ。あと二つ三つの資格を取得して帰省すれば就職に役立つと考えていたころ、勝杜はひとりの女性と出会った。

横須賀で下宿していたときのことだった。

海兵団の寮生活を離れ下宿ができるようになってから、どんなに疲れても勝杜は風呂屋に通った。内地に来て驚いたことは数えきれないが、湿気には特にうんざりした。故郷の北海道には存在しない夏の不快な湿気、これには体力も奪われた。それと潜水艦乗務時は風呂に入れないので、入れるときに入っておきたいという気持ちがそうさせた。大きな浴槽に足を伸ばし、父ちゃん、母ちゃん、この贅沢だけは許してくれ、と呟《つぶや》きながら生家でも寮生活でも味わったことのない風呂屋での解放感に、勝杜は至福のひとときを感じていた。

下宿のおばさんが「風呂銭がもったいない、うちの風呂を使いなさい」と言ってくれたが、下宿先の風呂は3日に一度と決まっていたので、いつでも自由に存分に手足を伸ばせる風呂屋通いを楽しんだ。

しばらくするとその目的が変わり、風呂そのものよりも、風呂屋の帰り道が楽しみになった。ハルちゃんと会えるからだ。

ハルちゃんは酒屋の娘である。

夜になると、食事をとるために居間に引っ込む店主に代わって店番をしたのは、三女のハルちゃんだった。酒屋の店番をすることが恥ずかしいのか、いつも読書をしていた。誰もこないでください、お願いします。友だちや友だちの家族の人はこないでください……そう願いながらうつむき加減で本を読んでいたハルちゃんを勝杜が初めて見たのは、風呂上がりにフラリと酒屋に立ち寄ったときだった。

「サイダーください」

「はい」

ハルちゃんは小さな声で返事をして、サイダーの値段を言い、勝杜はその金を払った。それが最初の会話だった。下宿に戻った勝杜はサイダーを飲みながら、フト、酒屋で店番をしていた娘を思い出した。あの人、何の本を読んでたんだべ？

故郷にいるころから、本を読むことが何よりの娯楽だった。小さな漁村にいながらもさまざまなことを知ることができる本の世界に、勝杜は夢中になった。教師から何冊もの本を借りては読み漁り、活字の魅力にどんどん取り憑《つ》かれていった。勝杜が日記を書き続けているのは、活字好きなせいかもしれない。

翌日、また風呂屋の帰りに酒屋を覗《のぞ》くと、昨夜と同じようにその娘は読書をしながら客から見えない場所に座っていた。

「サイダーください」

「はい」

やはり小さな声で返事をした。勝杜はお金を払うときに本のタイトルを見ようとしたが、ハルちゃんは本に栞《しおり》を挟むと表紙を下にして台座に置いてしまったので、タイトルはわからなかった。勝杜は台座に置かれた本が気になって仕方がない。そわそわしている勝杜に、釣り銭を持ってきたハルちゃんが「どうかされましたか？」と、不安そうに聞いてきた。

「本が好きなんです」

「えっ？」ハルちゃんはきょとんと勝杜を見つめた。

勝杜は自分が言葉を発したことすら自覚していないようで「ン？」とハルちゃんを見た。

「本が好きなのですか？」ハルちゃんは勝杜の言葉を反芻《はんすう》した。

「あ、はい、大好きです」嬉《うれ》しそうに答える勝杜の笑顔を見たハルちゃんは、私もです、と笑顔で答えた。

このとき、初めてハルちゃんの顔をまともに見た。瞳と眉が美しい人だと思った。利発そうな表情と言葉にも勝杜はときめいた。

ハルちゃんは赤面した。見知らぬ男と思わず会話をし、笑顔を見せてしまった自分が恥ずかしくて、赤くなった顔を手であおいだ。

それは勝杜も同じで、耳たぶが熱くなっていた。赤面したふたりは、暑いですね、はい暑いです、夏ですからね、はい夏ですから、とはにかみ合った。その笑顔を見た瞬間、勝杜は心が熱くなり、鼓動が速まるのを感じた。


勝杜は下宿で悩んでいた。

毎日風呂に通い、帰りにサイダーを買うとなると、毎月いくらの出費になってしまうのだろうか……。このままだと、これまで実家に送金していた金額が減ってしまう。自分の送金で色鉛筆やノートを買ってもらい、屈託のない笑顔で喜んでいるであろう幼い弟と妹たちの顔を思い出しながら、ごめんな、これ、兄ちゃんの初恋だわ、サイダーを買わせてくれ、と頭を下げた。

このころから新聞には戦争が勃発するのではないか、という記事が並びだした。

そのことがまた、勝杜の恋心を煽《あお》った。勝杜、23歳の夏の出来事だった。

艦内にひんやりとした空気が流れこんできた。

ハッチが開いたということは甲板の見張り番が交代の時間である。潜水艦乗組員は、ひとたび出航すれば帰港まで甲板に上がることができない。甲板に上がれるのは見張り番と艦長、副艦長といった上官のみ。ハッチから流れてくる外気は潜水艦乗組員には何よりのプレゼントだった。ベッドで熟睡している者のなかには、無意識にこの空気をすーっと吸いこむ者もいる。ハッチが開いている間は、その真下の煙草盆で煙草を吸うことが許されていた。そこには煙草を吸うための火や灰皿が置いてある。新鮮な空気の下で煙草を吸いにいこうと、ベッドから下りた。

接吻話をしていた北吾一《きたごいち》少尉が勝杜に気づいて一瞬気まずそうな表情を見せたが、恍《とぼ》けながら「あー疲れた疲れた、わいも寝るかな」とベッドに横たわった。

ハッチの真下の発令所に着いた勝杜は、梯子《はしご》階段を見あげた。発令所から司令塔へとのぼっていく階段の先には甲板に通じる丸い扉があり、その扉のむこうに丸く切り取られた外の景色が見えた。満天の星だった。

勝杜はさっきまで綴《つづ》っていた日記の書かれた手帳をそっと開いた。

『祖国日本で眺める太陽が完全に西に没して墨絵の如く映し出されてぼんやりと見える。島影三々五々として見える。灯台一片も見えぬ澄み切った夜の秋空に見えるは只《ただ》無数の星のみ。我々の出撃を覚えている人は一億の人の中に何人いるやら。なんという淋《さび》しき旅立ちか。見送る者は無言の自然のみ』

勝杜は少し考えてから、次の文章を記した。

『行く先は何処《どこ》ぞ……』

1章　ふたりの一等兵曹

「おい見ろ。あいつ、また手紙を書いてるぞ」

「今ごろ書いたところで、どこにも届かないのにな」

乗組員たちの囁《ささや》く声は、その男の耳に届いていた。そんなことはわかっている、この手紙が届かないことは……貴様らがいちいち話題にしなくてもわかっている。だが書かずにはいられないのだ。何かをしていないと気がおかしくなりそうなのだ。出港した艦内で日記を書くことは禁止されている。それならば、届く宛てはないにしても、手紙でも書いていなければどうにかなりそうだ。

この潜水艦はどこへ行くのだ。

潜水艦伊18号はどこに向かっているのだ。

今、艦内で囁かれている噂は本当なのか。

日中戦争以降、日本を取り巻く情勢は予断を許さなくなっている。我が国の敵となったのはイギリスとオーストラリア、カナダ、南ア連邦、ニュージーランドの各属領国、キューバ、ドミニカ、ハイチ、グアテマラ、ホンジュラス、パナマ、ニカラグア、コスタリカ、エルサルバドル、オランダ、チェコ亡命政権、ド・ゴール亡命政権、そしてアメリカ合衆国。国交断絶を発した国はメキシコ、コロンビア、ベネズエラ、ペルー、ボリビア、ブラジル、ウルグアイ、エクアドル、ギリシャ亡命政権、ベルギー亡命政権、エジプト、イラクという国々だ。日本はこれらの国を相手に戦争をするつもりなのか。日中戦争は陸軍主導で引き起こされたことだ。海軍は陸軍の大陸政策には賛成していない。それならば、今回の乗艦の目的は何なのだ。俺たちは行き先も告げられずに呉軍港に集合させられ乗艦した。訓練とはあきらかに違う、これをどう説明する？

これは戦争に違いない。その相手はたぶん、アメリカ合衆国だ。艦内のそこかしこで、兵員たちは同じような会話をひそひそと交わしていた。

二本柳肇《にほんやなぎはじめ》一等兵曹はそうした会話を耳にするたびに、心の中で何度も叫んだ。

アメリカと戦争だと？　よせ、そのようなバカな考えは。

二本柳は想像以上の艦内の暑苦しさと、面倒な人間関係に悩む男だった。

海軍を志したのは、親の影響だった。夏服の海軍制服に身を包んだ父親の姿は、幼い二本柳少年にはあまりに眩《まぶ》しい存在で、近所の原っぱで遊んでいるときに帰宅中の父親から「肇、家に帰るぞ」と声をかけられることが嬉しかったし、自慢だった。海軍の制服姿の父が誇らしかった。友人たちの父親を見つめる羨望《せんぼう》の眼差しが快感だった。父のようになりたい、父親が愛した海軍に自分も進みたい。物心がついたころから、二本柳の夢は海軍に入ることになっていた。

中学卒業を前に、倍率が20倍強だった江田島の海軍兵学校に合格したことを報告したときの、父親の嬉しそうな顔は今も忘れられない。「肇、よくやった。よくやった」父親は息子の肩を揺すって喜んだ。

その夜、用を足しに起きた二本柳は茶の間で晩酌している父親の声を聞いた。「そうか、肇が江田島に受かったのか……。すごいな、将来の士官だ、卒業すれば少尉候補生だ。すごいな、肇は」と母親にしみじみと語っていた。二本柳の父親は海兵団に入って、そこから軍人となった男だった。海兵団出身の人間が少尉になるのは稀《まれ》であり、ほとんどの者たちは海軍兵学校出身の士官の下で海軍人生を全うするのだが、その士官が同い年、ましてや年下の場合は、屈辱の日々となって過ごすこともあった。二本柳の父親は運悪く、5歳も年下の士官の下につき、理不尽な仕打ちを繰り返し受けた過去があった。「あのときになめた苦汁は生涯忘れることはない」その夜、酒を呑《の》みながら母親にそうこぼしていた。それだけに肇が士官候補生になれるスタートラインに立ったことが心から嬉しい、と父親は笑った。

その言葉を盗み聞いていた二本柳少年は、父親のためにも一日も早く少尉になろうと、心に誓ったのだ。

海軍兵学校への入学が決まる前、中学の友人たちと進路について話し合ったことがあった。同級生は軍人になるべきという者と、そうでない者に二分されたが、軍人希望の生徒たちに共通していたのは、その者たちの親が陸海軍に従事していることだった。二本柳のように父親が海軍の場合は海軍を志望し、陸軍の場合は陸軍を志望した。それ以外の理由で軍人になることを希望する子どもたちは、国防という大義を抱く愛国少年と、家庭が貧しいがゆえの給金目的の者だった。

ある日の帰り道、海軍を志望する同級生が二本柳に「陸軍を志望する奴はバカだ」とこぼしたので「どうしてだ？」と聞くと「陸軍に入ると鉄拳制裁の毎日だからだ」と教えてくれた。軍人になるのだから、そんじょそこらの覚悟では務まらないことは想像しているが、鉄拳制裁の毎日はさすがに勘弁だな、と二本柳は笑った。

二本柳が海軍を志す理由は、父親の存在以外にもあった。軍人の多くは戦友のことを「同期」と呼ぶが、海軍兵学校では「クラス」と呼ぶ。英語の勉強が好きだった二本柳は、このことも気に入っていた。

こうして夢と大志を抱いて江田島海軍兵学校に入校する日を迎えたが、その日のうちに二本柳は鉄拳制裁を受けた。入校式が終わると新入生たちは教室に集められ、一学年、二学年上の上級生たちと対峙《たいじ》させられ「おまえたちの体は入校式と同時に、畏《おそ》れ多くも陛下に奉《たてまつ》ったものである。俺たちは一号と二号だ。貴様たち三号の兄貴となるゆえ名前と顔をよく覚えておけ」

そう言われ、二本柳が自己紹介を始めたときだった。

「声が小さい」「なめているのか」「気合いが足りない」と数十人いる一号、二号の「兄貴」たちが一斉に怒鳴り、靴で床板を踏み鳴らし、しまいには頬に拳が飛んできた。面くらった二本柳が拳を振り下ろした一号に「何をするのですか⁉」と言い返すと、「反抗したぞ」「何だその目は」などとドヤされ「両手を後ろに回して足を開け、歯を食いしばれ」と、再び拳を見舞われた。

二本柳は損をする男だった。

理由は2つある。まず目つきだ。ギラギラとしたそれは常に挑戦的に映り、目つきが悪いとよく言われた。子どものころは凛々《りり》しい目だと近所の大人たちに言われていたが、中学に入ると目つきが気にくわない、と上級生たちからの呼び出しをくらうことになった。

そしてもうひとつ。思ったことを、つい口に出してしまう性格だ。小さいころから好き嫌いがはっきりとしていて、それは好き、これは嫌いと何でも言ってしまう少年だった。近所の人たちは、物怖《ものお》じしない、いい子どもだと褒めたが、中学に入ると「生意気な奴」に変わった。

一号の兄貴たちに殴られながら二本柳は思った。

「ここでもか……」

潜水艦の中で届くあてのない手紙を書くその手を休めながら、二本柳は考えていた。

海軍兵学校に入校し、卒業後の進路を考えているとき、潜水艦乗りに憧れた。潜水艦の乗組員には理不尽な暴力はないと聞いたからだ。潜航中の潜水艦内で先任士官が下士官に理不尽な鉄拳制裁を加えたことで、その下士官が腹いせにボルトとナットを一つ、二つ、三つ、と故意にゆるめると、潜水艦は瞬く間に浸水し海底深くに沈んでしまう。ゆえに潜水艦乗組員には上下関係でのくだらない暴力沙汰や、上官の憂さ晴らしのための鉄拳制裁はないと聞いた。二本柳には潜水艦乗り以外の選択肢はなかった。二本柳は一号に殴られた海軍兵学校のことを思い出しながら、そうか、あの日から俺の人生は決まっていたのか、と呟いた。

念願の潜水艦乗りになれたのは嬉しいことだが、艦内で囁かれる噂話は不安だった。

アメリカと戦争だと？


「何を書いておられるのですか？」

不意にかけられた言葉にドキッとし、二本柳は便箋《びんせん》をわしづかみにして顔をあげた。愛嬌のある瞳の男が目の前に立っていた。二本柳は「何でもない」と言ってから、あっ、と思った。この男は上官なのか、下士官なのか、どっちだ？　潜水艦に乗艦前なら制服の階級章で各々の立場がわかるが、いったん潜水艦に乗りこむと乗組員全員が制服を脱ぎ捨て、風通しに配慮した胸が開いた黄褐色の防暑服と、膝までしかないズボンに着替えるので、士官と下士官の区別がつかなくなってしまう。顔見知りなら迷うことはないが、二本柳の不幸は、この艦には江田島時代のクラスもいなければ、何度かの海洋実習で出会った呉海兵団、佐世保海兵団、大湊《おおみなと》海兵団、舞鶴海兵団の顔馴染《なじ》みがひとりもいないことだった。

「何でもない」と言ってしまったが、この男が上官なら……鉄拳制裁を受ける。呉軍港を出港してまだ2日だぞ。嗚呼《ああ》、逃げることができない艦内で、俺は孤立してしまうのか……。

いや、待て、違うぞ。目の前の男は敬語を使っていた。そうだ、確かに敬語だった。「何を書いておられるのですか？」と。

下士官だ。この男は下士官だ。いや、慌てるな、これは罠《わな》かもしれない。この男は下士官のフリをして、俺が失態を演じるのを手ぐすね引いて待っているタチの悪い上官かもしれない。そう考えると、愛嬌のある瞳が、怪しく濁《にご》って見えてきた。二本柳は目の前の男を疑った。こいつは悪趣味な上官だ、心を許すな。そう思ったときだった。

「二本柳一等兵曹ですよね？　自分は横川寛範《よこかわひろのり》一等兵曹であります」その男は言ってきた。

一等兵曹？　同じだ。二本柳は安堵《あんど》した。しかし、新たな疑問が湧く。この男は俺が一等兵曹だとどうしてわかったのだろう？　その疑問をぶつけると、横川はハキハキと答えた。

「艦に乗りこむときにお見かけしたからであります。そこで階級章を見ました。二本柳一等兵曹だけではありません。初めての人たちも多かったので全員を見ていました。乗組員全員の名前と顔を一致させたいと思ったので見ていました」

二本柳は、なるほどと思いながら、横川に「貴様は潜水艦には何度か乗っているのか」と聞いた。

「はい。支那事変に参戦しました」

二本柳は何となく悔しい気持ちになった。自分より背丈が低くニコニコしているだけの男が、潜水艦乗りの先輩だということに嫉妬した。だが、横川という男は少しも偉ぶるところがない。一等兵曹という同じ階級でありながら、なおも敬語を使ってくる横川という人物を推察した。そうか、わかったぞ。年下だ。それも2つか3つ。ゆえにこいつは敬語を使ってくるのだと解釈した。

「貴様は年はいくつなのだ」

「22であります」

二本柳の勘は外れた。同い年だった。

「同い年じゃないか。敬語なんか使うな。こっちが勘違いしてしまうだろ。もっとざっくばらんにいこうじゃないか」二本柳は本音をぶつけた。艦の中で話し相手ができたことへの喜びと、敬語など使わずに接したいというメッセージだった。

だが横川は、二本柳の期待どおりにはいかなかった。

「いえ。自分は海兵団出身です。二本柳一等兵曹は江田島海軍兵学校出身であります。いずれ少尉になられ、中尉、大尉にもなられるお方です。立場が違います」

訛《なま》りを抑えながら必死に東京弁で喋《しゃべ》る生真面目な横川に、二本柳は好感を抱いた。さらにその年齢で海兵団から一等兵曹に昇進しているということは、素直に凄《すご》いことだと思った。二本柳の父親が一等兵曹になったのは、確か40を過ぎたころだと記憶していたので、横川にどのような経緯で今の階級になったのかと尋ねると、日中戦争で南支那海上封鎖と福州攻撃に参加し戦果をあげた、という。二本柳は横川を見つめながら、たいしたものだ、大変な働きではないかと感心した。

「横川、海兵団だろうが兵学校だろうが、遠慮はなしだ。敬語はやめよう」

「いえ、しかし」

「なしだ。命令だ」

二本柳はそれでいいと思った。「同級生だ。俺たちはクラスだ」と、この艦に乗って初めて白い歯を見せた。しかし横川は「あ、実は、その……いえ、何でもありません」と、言いかけた言葉をのみこんだ。

「遠慮はなしだ。言えよ」二本柳の強い口調に、横川はボソボソと喋りだした。

「同級生は同級生ですが……」

「敬語はなしと言ったはずだ」

横川は話しづらそうに、敬語を避けながら答えた。

「同級生は同級生だんが、たぶん、俺のほうが年上じゃと。俺、そろそろ23じゃけ……」

えっ……。二本柳の思考回路が固まった。

そういうことは早く言ってくれよ……。どうすればいいのだ。二本柳は泣きたくなった。

一方、横川は二本柳の顔を窺いながら困惑していた。

声をかけただけで、こんなに長い時間、相手をすることになるとは思ってもいなかった。俺は今日中に乗組員全員に挨拶をしたいのだ。兵員室を覗いたときに手紙を書いている二本柳一等兵曹の姿をたまたま見かけたので声をかけ、自己紹介をし、乗艦中はよろしくと軽く挨拶を交わし、それからほかの乗組員たちがいる場所に向かうつもりだった。それがなぜ、こんなにも時間がかかっているのだろう。二本柳一等兵曹は、実にいい青年であることは間違いなさそうだ。ただ、自分が年上と言ったことで彼を悩ませてしまったのだろうか。ざっくばらんにいこうと言ってくれたのに自分が頑《かたく》なに拒み、そのうえ年上だと言ったことで悩ませてしまったようだ。察するところ、潜水艦に乗艦するのは初めてのようだ。知り合いもいないようだ。階級と年齢も同じと思った軍人がいたことで二本柳一等兵曹は気持ちがやわらいだのに、自分が壁をつくってしまったのか……。彼が希望するようにざっくばらんにいくべきだったのだ。よし、次からは「二本柳」と呼ぼう、と横川は腹をくくった。

二本柳の頭の中では、同じことが行ったり来たりしていた。

横川一等兵曹は、おそらく愚直な男だ。ざっくばらんでいい、同等のつき合いをしようと提案したことでこの男を悩ませてしまったのだ。横川は、自分の軍人人生は永遠の下士官止まりだと悟っている。俺の提案が決していい結果を生まないこともわかっているのだ。それゆえ、俺の提案に素直に返事ができないのだ。横川の言うとおり、立場を明確にしたほうがいいに決まっている。決めた。年上だろうが関係ない。「横川」と呼び捨てにしよう。そして横川が敬語を使ってきても、二度と注意をしたり咎《とが》めることはよそう。腹は決まった。二本柳は横川を見つめて「横川」と言った。

「なんだ二本柳」と言葉が返ってきた。二本柳は次の言葉が出てこなかった。

そのとき、兵員室に寺内一郎《てらうちいちろう》中尉と古瀬繁道《ふるせしげみち》中尉が笑いながら入ってくるのが見えた。二本柳は緊張した。

伊18号に乗艦せよとの命令を受け呉軍港にやってきたとき、兵学校時代のクラスとばったり出くわし、自分たちが乗艦する潜水艦を教え合った。その男に「いいな、二本柳は。貴様の艦には寺内中尉と古瀬中尉が乗艦するはずだぞ」と教えられたときから、二本柳の心の臓は興奮していた。その男がうらやましがったのには理由があった。寺内と古瀬が二号だったときの、今でも語り継がれている武勇伝だ。

入校式が終わり、教室では恒例の一号、二号による訓示と檄《げき》飛ばしが行われていた。一号がひとりの三号に目をつけ「声が小さい。両手を後ろに回して足を開け、歯を食いしばれ」と鉄拳制裁を加えた。すると、殴られた新入生の口から噴き出した血が一号の制服に飛び散り、それに激怒して再び殴りはじめた。そんな一号に「待ってください。それは理不尽です」と意見をしたのが、当時二号の古瀬だった。

「礼儀を教えるための拳なら理解はできます。しかし口から飛び散った血に罪はありません」

この言葉に面目を潰された一号たちは、古瀬をしたたかに殴りだした。その姿に「俺も古瀬の意見は間違っていないと思います」と一号たちの前に立ったのが寺内だった。一号の拳を右、左、右、左と何十発も受けながら、古瀬と寺内は足を踏ん張りひざまずくことなく立ち続けた。気のすんだ一号全員が教室から去るのを見届けた古瀬と寺内は、ふーっと床に座りこむと、効いたな、今年の一号は殴りすぎだ、と笑い合い、そのまま意識をなくした。この瞬間、三号たちはふたりのファンになった。1年後、一号になったふたりは兵学校を卒業するまで一度も下級生を殴らなかった。言葉で注意できることは言葉ですればいいんだと古瀬が言うと、まったくそのとおりだ、と寺内は笑った。

ふたりは親友であり良きライバルだった。

二本柳はこのふたりと同じ艦に乗れることを、幸せに感じていた。伊18号に古瀬と寺内が乗ると知ってから、決めていたことがある。乗艦中にふたりに声をかけ、艦を下りるまでには自分の名前と顔を覚えてもらうことだ。その憧れの士官が、楽しそうに笑い合いながら目の前を歩いている。二本柳はまるで初恋の女を見つめるようにふたりの姿を目で追い、心の中で思った。

素敵だ。このおふたりは素敵な関係だ、これぞクラスだ、自分もいずれこのような友と巡り会いたい。時には馬鹿話をして笑い合い、時には政局について語り、海軍の将来を考え、激論を交わす、そうやって互いに年を重ねていける友と出会いたい。

そう夢想しながら、二本柳は兵員室を歩く寺内と古瀬を見つめ続けていた。

そのとき、不意に寺内が二本柳を見た。寺内と目が合った二本柳は緊張した。さらに寺内の様子に気づいた古瀬も、二本柳に目をやった。突然の緊張感が二本柳を包みこみ、なぜふたりがこちらを見ているのかと考えた。

「ヨコ。何をしているんだ」古瀬は屈託のない笑顔を見せて、横川に話しかけた。

「はい。二本柳と話をしていました」

二本柳は、えっ、と隣の横川を見た。

「ニホンヤナギ？　変わった名前だな。というより、随分とお目出度《めでた》い名前じゃないか。どんな字を書くんだ」と寺内が二本柳に話しかけた。

「数字の二にBOOKの本。枝垂《しだ》れ柳、糸柳、川柳の柳であります」上ずった声でそう答えた二本柳に、「川柳の柳だけでわかる」と古瀬が笑った。すみません、二本柳はさらに緊張した。

「宇津木《うつき》さん見なかったか？」寺内が横川に話しかけた。

「いいえ。持ち場にいませんでしたか？」

「いないから聞いたんだ。ったくあの人、どこにいんだよ」寺内が面倒くさそうに呟いた。

「自分が捜してきましょうか？」

「いや、いい。おまえはおまえの仕事をしてろ」と軽く手を振って隣の兵員室へ向かおうとした古瀬が「ヨコ」と呼びかけた。横川が「はい」と答えると、「呼んだだけだ、ハハハ」と古瀬は笑いながら去っていった。

寺内と古瀬を直立不動で見送っていた二本柳がゆっくりと横川を見つめ、おそるおそる話しかけた。

「横川は寺内中尉と古瀬中尉とはそういう仲なのか？　貴様のことをヨコと呼んでいた」

「横川なのでそう呼ばれています。あ、でもテラさんは横川と言います」結局、二本柳に対して敬語に戻ってしまった横川が答えた。

「テ、テラさん？　寺内中尉と呼ばないのか？」

「みなさんがテラさん、テラさんと言うので、自分もついそう呼んでしまう場合があります」

二本柳は驚きを隠せなかった。この男は、俺の憧れの士官とどういう関係なのだ。

「古瀬中尉のことは何と呼んでいるのだ」

「古瀬さんは古瀬さんです」

「中尉をつけないのか？」

「つけない場合が多いかもしれません」

「なぜだ？　どうして中尉に対して、テラさんとか古瀬さんなどと呼べるのだ」

「そうですよね。階級が違うのに馴れ馴れしいですよね」二本柳に食いつくように質問され、横川は戸惑い、反省した。

「そういうことではない。俺が知りたいのは、潜水艦というのはそこまで気兼ねしない場所なのか、ということだ」

「今のおふたりは特別だと思いますが、それでも巡洋艦や輸送船に比べたら、潜水艦の乗組員は親兄弟のような関係に近いと思います。士官・下士官の関係はありますが、ギスギスはしていません。食事がいい例です」

「食事？」

「食事の内容に、艦長と自分たちの差は一切ありません。艦長や士官のおかずが一品多いとか、士官の味噌汁の具材が違う、などといった差別はありません。全く一緒です。これは潜水艦だけだと聞いています。このことに対して艦長、副艦長、士官たちから不満は出ませんし、要求もありません」

二本柳は驚くと同時に、これだ、これこそが理想の海軍の姿だと感動し、横川の次の言葉には心から喜んだ。

「この艦の中では皆、平等なのです」

二本柳は恍惚《こうこつ》として聞き入った。この艦でよかった……。この男、横川と巡り会えてよかった。今日までの心の中のモヤモヤをすべて吹き飛ばしてくれた。そして伊18号に乗れたことに感謝している自分がいた。

ふと気づけば艦内が涼しくなっていた。外の風が流れこんでいることを感じた二本柳は、ハッチの下の煙草盆に横川を誘った。この男ともっと話をしたいと思った。

煙草盆には何人もの先客がいた。

みんな、煙草をプカプカとふかしていた。煙草はやらない二本柳だが、外の空気を少しでも身近に感じたいと思い横川とやってきた。

すると、横川に気づいた勝杜が「ヨコ」と声をかけた。

「おまえ煙草をやるんだっけ？」

「風にあたりにきました」

また初めて見る顔だ。二本柳は横川と話すその男が自分より上官なのか、それとも同じ階級なのか部下なのかと、探るように見つめた。

二本柳の視線を感じた勝杜が言った。

「俺の顔に何かついてるのか？」

命令形だ。確実にこちらの格を見透かしたような命令形……上官だ。失礼のないようにしなければいけない。「いえ」と答えた二本柳を横川が紹介した。

「二本柳？　覚えやすい名前だな」

「数字の二にＢＯＯＫの本。川柳の柳と書きます」と古瀬に指摘されたとおりに説明し、

「二本柳一等兵曹です」と名乗った。さらに横川が勝杜のことを、柏田勝杜兵曹長だと紹介した。

「カツモリでいっぞ。みんな俺の下の名前を呼ぶんだわ」北海道弁が抜けない勝杜が笑いながら言った。

「艦長もカツモリと呼ぶ。〝勝つ〟という文字が入っているからゲンを担《かつ》いで、みんなもそう呼ぶ。二本柳もそう呼んでいっからな」

二本柳はなるほど、と思った。

「近づきの印だ。ほら」と煙草を差し出されたが、横川と同様、吸わないと丁重に断った。

一方で、二本柳は勝杜の膝の上に置かれた手帳が、先ほどから気になっていた。

2章　誕生日

『精鋭艦隊の整備兵員の休養と満を持して待機している伊16、伊18、伊20、伊22、伊24潜の帝国海軍最新鋭潜水艦は佐々木半九海軍大佐指揮の下、朝もや立ちこむ〇八〇〇呉軍港を出港す。隊番号は黒く塗り潰され、海軍艦隊の印ともいうべきネズミ色に化粧をされていた艦隊は黒一色に化粧され、一種異様なる姿。帝国潜水艦と判別出来得るは唯《ただ》軍艦旗のみ。行く先は何処ぞ。

昭和十二年七月七日。北支に轟《とどろ》き渡った銃声は遂に全世界に音響を伝えて東洋においては日支事変、西洋においては第二次世界大戦を惹起《じやつき》して全世界を戦乱の巷《ちまた》に陥《おちい》らしめたり。此《こ》れらの対立は旧秩序維持国と新秩序維持国との争いであり、前者は英米仏。後者は日独伊にして旧秩序を維持して英仏を舞台にして踊らしめて楽屋にてこれらを操る米国。世界情勢は往時の我が国の室町幕府末期の戦国時代と相似して、此れらの波紋は直接我が国に及びて日米日英日仏。その他旧秩序維持国の勢力範囲にある国はすべて長い年月に及び友好条約を廃棄して我が国をして武力戦に先立ち経済戦において挑戦してきたのである。

ＡＢＣＤ包囲陣を結成して武力戦における包囲形態を確立し威嚇《いかく》して我を戦わずして屈服せしめようと直接武力を用いて圧迫を加え、なかんずく昭和十六年七月初旬敢行せられた南部仏印方面への皇軍の平和進駐開始以来、この鋒先《ほこさき》も鋭く毎日の新聞紙上は明日にも戦争が勃発するのではないかと思われる激越なる記事を並べて戦わずして宣伝機関は既に戦争状態に入れり。

此処《ここ》において帝国海軍もことの重大、且《か》つ又、緊迫せりと察知して艦隊訓練の最高潮に達する時期の七、八、九月の三ヵ月間、艦隊の各艦を輪番所属軍港に帰港せしめて、海軍工廠《こうしょう》または民間造船所において修理を行う。

又、兵員の休養及び補充交代休養を行わしめて戦闘能力、全力発揮に差し支えながら戦闘即応の状態となせり。本艦も八月十五日より九月十三日まで母港横須賀において前記作業を行いて、九月十五日、第六艦隊集合地点、北九州佐伯湾に於《お》いて会合せり。

此処における訓練は現在までのように黒白判らぬ漆黒の海を縦横に馳せ、猛訓練は全然なし。一週間に一度くらいの出勤にて、それも其《そ》の日帰りの訓練で今までのように戦闘訓練は全然なし。総《すべ》てが防火防水の応急訓練にして異様な感を抱きしめたり。

これ即《すなわ》ち、戦闘における必要条件にて既に戦争状態を考慮したものなのか。

十月二十二日。佐伯湾より呉軍港に廻航して前記作業を行いし折も対外関係殊更《ことさら》に米国との関係は日増しに悪化。加えて平和の鳩として遠路派遣せる来栖《くるす》大使をして此の難局打開にあたらしめたる。政府当局は全然成功を期待していぬ様子なり。米国の誠意一片も見出されそうもない時は我が帝国海軍はおそらく……』

誰もいなくなった煙草盆で、勝杜は兵員室のベッドで書き殴ったままになっていた日記を読み返しながら、推稿をしていた。

「兵曹長」

勝杜が振り返ると先ほどの二本柳が立っていた。手帳を慌てて閉じながら「どうした？」と聞く。二本柳の目が手帳を見つめていることがわかった。

横川と別れて兵員室に戻ったあと、二本柳は考えていた。勝杜兵曹長の膝に置いてあった手帳。あれはもしかすると日記ではないのだろうか……。それを確かめるために戻ってきたのだが、今の慌てた様子を見て、日記だと確信した。同時に兵学校の授業で、教官が「よく考えてくれ」と言ったことを思い出していた。

「君たちは海に出たら日記を書くことは禁止となる。なぜだかわかるか。日記には家族への想い、その日浮かんだ一句、兄や妹、恋人への想い……オイ、このなかに恋人がいる者は何人いるんだ？　手をあげろ……モテないな、このクラスの海軍は」教官の言葉にクラス中がドッと沸いた。教官は言葉を続けた。

「日記の中に作戦をこと細かく記す者もいるかもしれない。だがな、よく考えてくれ。万が一、君たちが乗った艦が敵に見つかり、爆撃され沈没したとする。そのとき、海面には何が浮かぶ？　死体のほかに日記も浮かぶのだ。我が帝国海軍もそうしているように、戦果のあとに浮遊物を拾うのは全世界共通の仕事だ。その中に敵の機密文書がないかと探す。拾われた日記に作戦が書かれていたらどうなる？　その日記から、祖国を危険な目に遭わせてはならない。そのような危険なことはしてはいけないということだ。わかったな」

二本柳はそのとおりだと思った。だがこの兵曹長は日記を書いている。

「なした？　部屋に戻ったんじゃなかったのか」勝杜は優しい目を二本柳に向けた。

「お聞きしたいことがあります。その手帳のことであります」二本柳は姿勢を正した。

次の言葉を探しながら、自分が余計なことを言おうとしていることはわかっていた。それは反感を買うだけのことになる。だが江田島で教わったのだ。貴様たちはいずれ少尉となり、下士官たちに規則は厳守すべし、強く言える士官になれ、と。そのためにも今、目の前で見てしまった規則違反を見逃すことをしたくはない。兵曹長が相手だろうと、意見を具申しなければ――。

「これが気になるのか。これは日記だ」勝杜は手帳をかざした。

二本柳は耳を疑った。日記だと認めた？

「二本柳の家は厳しかったのかい？　したっけ厳格な家の中にいても、二本柳は親の目を盗んで親に言えないことをしたことぐらいあんだべ。これはそれとおんなじだ」勝杜は笑った。

「日記は規則違反です」二本柳は強く批判した。

勝杜はゆっくり腰をあげると二本柳の前に立ち、鼻先がくっつくほど顔を近づけて、小声で低く囁いた。

「声がでけぇ。日記、日記と言葉にするな」

「……」

「二本柳。おまえは俺をどうしたいのさ？　こういうのを見つけて糾弾したいのかい？　艦長に密告でもするか？」

「密告とかそういうことではなく、規則だと……」

「わかった、わかった。とにかくこの手帳のことは忘れろ」

「忘れろ……？」

「ンだ、忘れんだ。忘れたんだからおまえは何も見ていないし、おかしな推測もしていねえ。わかったな」勝杜は優しく笑って兵員室に戻ろうとした。

「規則です。万が一この艦が敵に見つかり――」

「不吉なことを言うな、バカ」振り返った勝杜の目は怒っていた。

「二度とそんな言葉は使うな」

「す、すみませんでした」完全に上下関係の姿勢に戻った。

「貴様が何と思おうが、これは俺の歴史なんだ」

「……歴史？」

「二度とごちゃごちゃ言うな。わかったな」

勝杜の強い口調に二本柳が言葉を失っていると、「勝杜」と古瀬がやってきた。

突然の古瀬の登場に二本柳は緊張し、ひじを伸ばして士官に対する姿勢を取ったが、古瀬は二本柳を気にすることもなく勝杜に小声で話しかけた。

「明日一五三〇。後部兵員室に集合だ。宇津木さんにはおまえから伝えてくれ」

二本柳はふたりの姿を見つめながら、憧れの古瀬中尉が規則違反を犯している勝杜兵曹長に気を許していることに戸惑っていた。古瀬中尉は勝杜兵曹長の本当の姿を知らないのだ。中尉、その男、勝杜兵曹長は規則違反をしている軍人なのです。そんな心の叫びが通じたのか、古瀬が二本柳を見た。

「ニッポン柳」

「二本柳です」

「ニッポンのほうが覚えやすい。ニッポン柳でいいだろ」

「畏れ多いです。皆から、からかわれます。二本柳でお願いいたします」

「固いな、おまえ」

「そうなんです、こいつ固いんです」勝杜が合いの手を入れた。

「クソ真面目なこいつは、俺の日記のことを艦長に密告する勢いなんですから、ハハハ」

「おい、それはだめだぞ。その程度の規則違反でカリカリするな。勝杜の日記が艦長に知られたら、見逃していた俺まで懲罰をくらうことになる。そうなると、俺の日記の存在まで知られてしまうことになるかもしれない」

「古瀬中尉も日記を書かれているのですか？」二本柳は聞いた。

「ああ」と、古瀬はあっさり答えた。

「郷に入れば郷に従え。兵学校は兵学校だ」古瀬は豪快に笑ってから、日記のことなどまるで気にしていない様子で、ところで誕生日って知っているか、と二本柳に聞いた。

「誕生日というのは、米国などで言われているあの誕生日でありますか？」

「お、話が早いぞ。おまえも仲間だ。明日一五三〇、後部兵員室に来い」

去っていく古瀬と勝杜の背中を、二本柳はその場に佇《たたず》みながら見ていた。

勝杜は通路を歩きながら古瀬に聞いた。

「なしてあいつを誘ったのですか」

「孤独だったからだ」古瀬は答えた。

勝杜は古瀬のそういうところが好きだった。


翌日の午後3時30分。

後部兵員室には古瀬、寺内、勝杜、二本柳、そして整備兵曹長の宇津木真がいた。

菜箸をタクトにした指揮者の古瀬が一同を見つめている。古瀬が勝杜にアイコンタクトを送ると、鍋とお玉を持っていた勝杜はテンポを取るために、カンカンカンと同じリズムで鍋を叩いた。一番手前の寺内が「ンー」とハミングを始め、続いて勝杜、二本柳と音程を取り、最後の宇津木に古瀬が菜箸を向けた。ハミングをしながら、寺内たちはチラリと宇津木を見た。今度は外してくれるなよ、という目だ。ハミングの音程を合わせるだけで、かれこれ5分以上を費やしている。全員が願っていた。頼む、外すな。「ンー」。宇津木の音程は外れた。

古瀬はこれ以上の時間の浪費は限界と判断し、菜箸を三拍子に振りはじめた。

「さん、はい」

寺内、勝杜、二本柳、宇津木が歌いだした。

目出度い誕生日ぃ〜　貴様ぁ〜。
目出度い誕生日ぃ〜　貴様ぁ〜。
目出度い誕生日ぃ〜　Ｄｅａｒ　よこかわぁ〜　目出度やぁ貴様ぁぁ〜。

古瀬はわかっていた。いや、そこにいる誰もがわかっていた。宇津木の歌が調子外れなことを。それでも限られた時間の中での稽古だ。ハミングの稽古だけで終わらせたくはない。とにかく一度は全員で歌いきることが大事なのだ。寺内が仏頂面になり、不機嫌になっている。勝杜と二本柳も、宇津木の調子外れの音程に悩まされながら歌っている。

二本柳は宇津木の凄《すさ》まじいまでの音痴に引っ張られないように片耳を押さえ、横川の誕生日を祝う歌を歌いながら、昨日、煙草盆の前から兵員室に戻ったあとに改めて古瀬から誘われたときのことを思い出していた。

「来週、11月23日は横川が生まれた日だ。つまり誕生日だ。祖国日本では馴染みのない祝いをして、驚かせてやろうと思っている。二本柳、おまえも参加しろ」そう古瀬に誘われた二本柳は以前、海洋実習でアメリカのサンフランシスコに立ち寄ったときに誕生祝いの歌を歌っていたアメリカ人の話をした。古瀬はそれは面白い、俺たちもやろうとその場で替え歌を考えはじめた。

二本柳の心は躍った。規則違反の日記の件は引っかかっていたが、憧れの古瀬、寺内と上下関係の分け隔てなく一緒に歌を歌っていられる幸せを、嚙《か》みしめていた。

それにしてもだ、宇津木整備長の歌はひどすぎる。

潜水艦独特の丸い鉄扉《てっぴ》の入り口に、渡久保権太《わたくぼごんた》主計兵曹長がひょっこり現れた。

30分前のこと。便所から厨房《ちゅうぼう》に戻った渡久保は、おや……となった。

性格はがさつだが、仕事に関しては几帳面《きちょうめん》な男なので、並べて陳列していたはずの鍋、お玉、菜箸がなくなっていることに気づき、仕事道具を捜して艦内を歩いた。誰かが持っていったことは間違いない。何のためなのかは皆目《かいもく》見当がつかないものの、持ち去られたことは確かだ。俺が置き忘れることは決してない。飯の準備まではまだ時間がある。犯人を見つけて暇つぶしに怒鳴り散らしてやる、と息巻いていた。

後部兵員室のところまできて中をひょいと覗くと、馴染みの寺内、古瀬、勝杜、海軍を一番長く過ごしている宇津木の姿が見えた。勝杜の手に鍋とお玉が見え、菜箸は古瀬が持っていた。こいつらだったのか……。それにしてもだ、俺の大事な仕事道具を振ったり叩いたりして、何してるんだ？　まあいい。とにかく怒鳴りつけてやる。

「このやろ。犯人はおまえらだったのか！」

勝杜の手から鍋とお玉を奪い取った渡久保が、人の商売道具を勝手に持ち出しやがって、タコ、と鍋の底で勝杜のデコを叩いた。兵員室内にパコーンと音が鳴り響くなか、勝杜はデコをさすりながら言った。

「ヨコの誕生日祝いの練習です」

「……横川の誕生日祝い？　なんだ、そりゃあ？」

誕生日祝い、という聞き慣れない言葉に、渡久保は眉間に皺《しわ》を寄せた。

渡久保にてっとり早く説明するにはと、古瀬の音頭で寺内と勝杜、二本柳、音痴の宇津木が再び歌いだした。

目出度い誕生日ぃ～　貴様ぁ～。
目出度い誕生日ぃ～　貴様ぁ～。
目出度い誕生日ぃ～　Ｄｅａｒ　よこかわぁ～　目出度やぁ貴様ぁぁ～。

渡久保は4人が歌うおかしな節の歌を呆然《ぼうぜん》と聞いて、何だよ、それ？　誕生日をそんなふうに祝うなんざ聞いたことも見たこともねえ、バカにするな、と憤慨した。

予想どおりの渡久保の反応に寺内と勝杜は含み笑いをし、宇津木が楽しそうに話しかけた。

「アメリカではそうなんだってさ。二本柳が見てきたんだってよ」

「？　ニホンヤナギ？　誰だ、その目出度い名前の野郎は？」

見慣れない新兵をジロリとひと睨《にら》みした渡久保は「ほう、新顔だな」と、威圧十分に呟いた。新兵が初めて艦に乗りこんできたとき、渡久保はいつもこう言う。渡久保には、戦っている奴らが偉いんじゃない、そいつらを元気にさせる食事を作っている主計が偉いんだ、という海軍主計兵曹長としての誇りがあった。渡久保は二本柳の前に立つと、頭の天辺《てっぺん》から足のつま先までなめるように観察し、胸や尻の筋肉の強度を確かめるように触ると「おまえが何を見てきたって？」と低い声で言った。

渡久保の触診に戸惑いながらも、緊張した二本柳が答えた。

「2年前の海洋実習で見てきました。アメリカ人の誕生日祝いであります。向こうではその人が生まれた日に、親や友だちが集まって祝ってあげるのであります。今のような歌を全員で歌い、そして――」

「タコ！」渡久保は二本柳の言葉を遮《さえぎ》って、鍋の底でデコを叩いた。

「いいか。誕生日っつうのは正月に祝うものだ。『数え年』だ。正月に、日本人全員でひとつ年を取る。これが常識だ。それをだな、生まれた日ごとにいちいち祝ってたら、正月はどうなっちまうんだ。いいか、よく聞け、大晦日《おおみそか》から正月にかけて、ひとつ年を取るから『年取り』っつうんだ。なのにそこで年を取らなかったら『年取り』はどうなるんだ。『年取り』じゃなくなんだぞ。トシ、取れなくなっちまうんだぞ――」

「取れるんですよ。生まれた日に」寺内が口を挟んだ。

「取れるだと？」渡久保は訝《いぶか》しげな目を向けた。

「ンだ、取れるんです」「はい、取れるのです」「取れんだってさ」ほかの3人も同意する。

唖然《あぜん》となった渡久保が聞いた。

「そんじゃあ正月にも年取って生まれた日にも年取って、1年で2歳も増えちまうってことかよ？　ちょっと待てよ、2歳も増えてるってことは俺、72かよ！　おい……。俺とっくに還暦越してんのか⁉　ジイさんかよ。え？　つうことは俺はオヤジを越しちまったのか？いつだよ？　俺はいつオヤジを越したんだよ！」

渡久保は泣きそうになった。取り乱しついでに二本柳のデコに鍋の底をもう一発くらわせると、「おやじぃぃぃー！」と叫んで出ていった。

寺内たちは渡久保の狼狽《ろうばい》ぶりを腹の底からおおいに笑い、歌の練習に必要な鍋とお玉を取り返しに行こうと、古瀬と勝杜、宇津木、二本柳が兵員室を飛び出した。

この潜水艦は自分たちをどこに連れていこうとしているのか。束《つか》の間そんな不安を忘れ、皆にぎやかな時間に身を委ねていた。

それは男たちの青春の時間であった。

3章　真珠湾

兵員室の扉の裏で、寺内がひとりになるのを今か今かと待ち続けている男がいた。少尉の北だ。北は、尊敬する寺内があの連中とくだらない遊びをして笑い合っていることに、悲しい気持ちになっていた。

室内から聞こえる「目出度い誕生日ぃー　貴様ぁー」という歌声に苛立《いらだ》ち、宇津木の調子っぱずれの音程には特に腹が立った。古瀬らが渡久保を追って出ていくのを扉の裏から見届けて、北は兵員室に入っていった。

「寺内中尉。よしてください。横川の誕生日って何してはるんですか？」

ひとり残っていた寺内に進言した。

「誕生日は誕生日よ。アメリカの誕生日祝いだ。来週、横川の誕生日なんだが、古瀬の奴が横川には内緒にしておいて驚かせてやろうと言いだしたんだ。そしたら渡久保のオヤジがやってきてなぁ――」

「このままでは昇進はないと思います」

「昇進？」北の口から出た意外な言葉を、寺内は聞き返した。

「寺内中尉がこの先、大尉になれるかどうかということです。この艦には中尉がふたりおられます。上としては、そろそろどちらかの昇進を考えるところです。しかし今のままでは確実に、古瀬中尉に負けます。寺内中尉と古瀬中尉を比較しますと、過去従軍した戦いの戦績においては少しだけ古瀬中尉のほうが分がいいんです。さらに海軍兵学校時代の成績を比べますと、古瀬中尉のほうが断然優秀でありました」

北はつらそうに、言葉を続ける。

「また江田島の古鷹山《ふるたかやま》登り競争においては古瀬中尉がいつも一番でした。寺内中尉はいつも二番です。極めつきは下士官たちから見た人望、つまり人気です。圧倒的に古瀬中尉が勝っているのです」

「北、俺いいとこないんだな……」と落ちこむ寺内を、北が今度は励ましはじめた。

「自分は何としても、寺内中尉を『大尉』とお呼びしたいのです。そこでこの北が考えました。おふたりは個性が重なっているのです。寺内中尉は古瀬中尉と違って、もっと毅然とすべきなのです。新兵や下士官らと一緒になって騒いで人気取りをする古瀬中尉のように振舞うのではなく、寺内中尉は『これぞ上官』という印象を与えるべきなのです。艦長や副艦長の着眼はそこにあると、この北は踏んでいます」北の言葉には説得力があった。

「おそらく古瀬中尉もこうした状況は理解しているのです。一等兵曹の横川ごときの誕生日祝いをしようというのは、いかにも人気取りの所業です。その裏付けが先ほどの光景です。古瀬中尉が指揮者で、寺内中尉は勝杜や新兵と同等の歌うたいのひとり……こんな屈辱はありません。この北、それを覗き見て、悔しくて悔しくて……。このままでは、寺内中尉は古瀬中尉の太鼓持ちです。寺内中尉は大尉になれるお方なのです。どうかお願いします。二度とあのような無様《ぶざま》なことはしないでください。上官という誇りを持ってください。大尉になるという強い意志をもって、この艦で生きてください」そこまで一気に言うと、少し間を空けて北がこう続けた。

「もっと毅然としてください」

「毅然……」寺内は口の中で復誦した。

寺内の心に北の言葉の数々が響いた。今の今まで考えてもいなかった「大尉」という階級が現実味を帯び、心をときめかせた。北の言うとおりかもしれない……。そういう年齢になり、その階級になるまでの経験を積んできている。自分のことを慮《おもんぱか》り、あえてつらい言葉を述べてくれたのであろう北を見つめた。北は寺内に敬礼をしたまま、微動だにせず立っていた。

艦内の通路が騒がしくなった。渡久保の厨房から道具を奪還してきた勝杜たちは、奪ってきた、奪ってきたのようだった、と得意満面で兵員室に戻ってきた。その姿は、親の目を盗んで悪戯をしている少年たちのようだった。

「おう、北。一緒にやるべ」北に気づいた勝杜が楽しそうに誘った。

「北じゃない。北少尉や！」北が一喝した。

その瞬間、室内から笑い声が消えた。

「勝杜。貴様に言うておく。確かにわいと貴様とは同期じゃ。せやけど、わいは先月少尉に昇進した。貴様は兵曹長止まりじゃ。なぜだかわかるか、この違い？　貴様は海兵団、わいは兵学校出身やからや。ケジメつけろアホンダラ！」

勝杜に怒鳴り散らした北は寺内の耳元で囁いた。

「中尉、これが毅然です。さぁ行きまひょ」と半ば強引に寺内を兵員室の扉へと誘導したとき、扉の前に立っていた二本柳を見て、邪魔くさいやっちゃな、どかんかいと北はその頬に鉄拳をくらわした。

突然の暴力行為だった。床に倒れた二本柳の口から血が流れる。

「鉄拳だ……」二本柳は恨めしそうに呟くと、悔しそうに床を叩き北に対峙して訴えた。

「今のは鉄拳制裁じゃないのですか!?」

「なんやと？」

「自分は潜水艦には暴力がない、というから希望したのです。一人ひとりの役割がチームワークを生み、一人ひとりの作業が潜水艦全体の運命を握っていて、上下関係はあるが、みんな兄弟のようで、こういう横暴はないと聞いて希望したのです。なのに鉄拳制裁。いいんですか！」そう言うと二本柳は目を吊りあげた。

「新兵が誰に意見をぬかしとるんじゃワレ」北は、生意気な態度をとる二本柳につっかかった。二本柳も負けていない。何ですか、また暴力ですか、これが帝国海軍ですか、と北につかみかかり、ワレは誰に手をあげてんじゃ、と激昂する北と一触即発の状態になった。ふたりを引き離そうと勝杜たちが間に入った。

この最悪な状況にやってきたのが、艦内を散歩していた村松秀明《むらまつひであき》軍医大尉だった。

この運の悪さは村松の人生そのものを物語っている。医者の家系に生まれ育った村松はふたりの兄と常に比較されながら、できの悪い三男坊主、と父親に言われ続けた。そのため、物心ついたころから父親と同じ道を歩むことを拒絶するようになり、医者ではなく自分にはほかに進むべき道があるはずだ、と模索しはじめたときに、日本は満州事変、日中戦争へと向かった。そして、ひ弱な同級生たちの間では妙な噂が囁かれはじめた。

「このまま日本は戦争大国になっていくらしい。いつか俺たちも軍隊に入れられるのかな」

それを聞いた村松は、死にたくないと思った。戦争に行かなくていい方法を考えた結果、父の跡を継ごう、と医者になることを決意した。すると成績はみるみる上がり、父親からは、おまえはやればできる子だったのだな、と褒められた。

こうして医者になったのだったが今年、軍医に召集されてしまったのだ。戦争に行かないために死にもの狂いで勉強し、医者になったというのになぜだ……。ついていない男とは村松のことを言うのかもしれない。配属先は、よりによって潜水艦だった。以前、診療所にやってきた患者に「潜水艦は外の空気を自由に吸うこともできない。艦内は狭くて心理的に圧迫され、船酔いは想像以上のことになるはずだ」と言われた。

だが、それでも、海軍大尉という階級を与えられれば、戦争から戻ったときには箔《はく》がつき、その後の医者としての人生においてもそれなりに意味があると思った。

つまり村松も、勇んで伊18号潜水艦に乗りこんだ男のひとりに変わりはなかったのだ。

知り合いがいない村松は率先して艦内を歩き、軍人たちに気軽に声をかけながら潜水艦生活に早く慣れよう、そして楽しみを見出そうとしていた。乗艦3日目、この日も狭い艦内を歩いていた。すると兵員室から何やら話し声が聞こえたので、どれどれ挨拶でも、と顔を出したところ「自分は潜水艦には暴力がない、というから希望をしたのです」と目が吊りあがった二本柳一等兵曹と、「新兵が誰に意見をぬかしとるんじゃ」と怒鳴っている北少尉に出くわしてしまったのだ。

村松は思った。とんでもない場にきてしまった。見ていない見ていない、とっととこの場所から離れよう。そう思ったとき、村松に気づいた宇津木が叫んだ。

「村松軍医大尉に敬礼！」

よしてくれ、私の存在を明かすのは！　村松は心の中で悲鳴を上げた。

だが宇津木の声で男たちは我に返って直立不動の姿勢をとり、一斉に足を揃《そろ》えて敬礼をした。

村松は「おっ」と思った。そうだ、ここは軍隊だ。縦の序列を何よりも重んじる組織であり「大尉」という階級の私に、部下は敬意を表す組織なのだ。ハハ、慣れなきゃ。そう思うと先ほどまでの心配は吹き飛び、村松は返礼した。宇津木の「直れ」という言葉に、目の前の猛者《もさ》たちが敬礼を解いた。快感だった。これまでの人生で味わったことのない体験に、ひとり悦に入った。

「ハハ、部下に会うたびに敬礼することは疲れます」この一言が余計だった。

「なにが大尉だ。町医者のあんちゃんが」寺内が小声で悪態をつくと、北が笑い、それにつられてほかの男たちもクスクスと笑いだした。笑われた恥ずかしさで村松の顔はみるみる真っ赤に染まった。この空間から一刻も早く立ち去りたいとの思いから、扉へと急いだ。

そのとき、口の周りが血で滲《にじ》んでいる二本柳が村松を呼び止めた。

「村松軍医大尉。二本柳一等兵曹であります。自分は今、意味もなく鉄拳制裁を受けました。こんなこと許されるのでしょうか？　大尉のご意見、お聞かせ願いたく思います」

「意味のない鉄拳制裁？　いや、あの、えっと、私は町医者のあんちゃんで、それは私が判断することじゃないんじゃないかな、ハハ」村松はその場をうやむやにしようとした。

「そういう態度はいけないと思います。そのようなうやむやな態度が、海軍全体を馴れ合いの集団にしていくのです。見て見ぬふりをする。長いものには巻かれる。事実を隠蔽《いんぺい》する。卑怯者のすることです。潜水艦は敵の爆雷一発で、海の藻屑《もくず》と消えるのです。我々は死なば諸共《もろとも》です。なのに部下は言いたいことも言えず我慢が美徳。バカげています。これはあしき慣習です。正しい審判を下してくれる上官がいなければ、日本の潜水艦に明日はないと思います」

新兵が自分に助けを求めていることはわかったが、村松は今からここが修羅場になることを直感した。二本柳が口にした「海軍は馴れ合いの集団」「あしき慣習」「潜水艦に明日はない」という言葉は、〝海軍魂こそ我が人生の教科書〟と信じて疑わない男たちの怒りを買ったことを察したからだ。その予感は的中した。

「なんやとー⁉」北が二本柳に襲いかかった。

頭に血がのぼった男たちが二本柳に詰め寄った。「二本柳、いい加減にしろ。口がすぎるべや」「なに言うたぁ今！」「もういっぺん言ってみろ！」「新兵サンが言うには海軍は馴れ合いの集団らしぃなあー」「どの口が言ったんだ⁉」「しばくぞ！」「しばけしばけ！」などの怒声が室内に響いた。

集団暴行が始まる。村松はそう思った。初めて任された艦内で、しかも自分の目の前で暴行事件が起きては、大尉としての信頼が失墜する。いや、それ以前に、医者としてケガ人を出させるわけにはいかないのだ。潜水艦に乗る4日前、艦長と初めて会い、料亭で食事をしたときに言われた言葉を思い出した。

「艦に乗る乗組員たちは私の息子や弟です。先生、よろしく面倒を見てやってください」

わかりました、村松はそう約束をした。だから、二本柳という艦長の息子を守りたい一心で村松は叫んだ。

「二本柳は今、実に、面白いことを言った」

イチかバチかの村松の言葉に、男たちは何ごとかと村松を見つめた。

「事実を隠すことは卑怯者のすること。爆雷一発で死なば諸共の仲間なのに、隠しごとはするな。それなのに私には隠しごとがある。みんなは今回の行き先を知らされてない。けど、私は知っている」

えっ……。男たちは村松を注視した。

村松の作戦は大当たりだった。血気盛んな男たちの興味をこちらに向けさせたのだ。

村松は敬礼をした。男たちも条件反射で敬礼をした。村松はきっと大事な言葉を伝えるつもりだ、そのための敬礼だ。男たちは村松の言葉をじっと待った。

「直れ」

男たちは敬礼を解いた。

「以上だ。解散」

村松は力強く言うと、二本柳を連れて扉へと歩きだした。

え……終わりか？　男たちは呆然と村松の背中を見つめた。村松はスタスタと早足で扉へ向かっていた。たまらず北が怒鳴る。

「なんじゃそれはっ！」

その言葉が合図だった。上下関係はなくなった。男たちが一斉に村松を取り押さえ、引き戻しながら叫んだ。

「なめているのか」「行き先はどこなんだ」「教えてください」

想定外の展開に、村松はしどろもどろになった。

「だ、だめです。機密なんです」

「明日までの機密なんです」

「言え！」

「今言え」「はよ言えやボケ」「北、しばけしばけ」「勝杜、股裂きをするぞ、そっちの足持ったらんか」「おう」

今度は自分が鼻息の荒い男たちの標的になってしまったと確信した村松は、泣きそうになって叫んだ。

「言います言います。だけど、コ、コ、ココだけの話にしてくれますか？」と男たちを見た。みんなの目が血走っていた。この男たちには浅はかなその場しのぎの言い訳は通用しないと観念した村松は、声を落としてこう確認をした。

「コレ、本当は明日の朝、発表されるはずの艦長の見せ場で、その前に私がバラしたと知れたら後でいろいろと問題になるので、絶対に口外しないと約束できますか？」

男たちはゆっくりと大きく頷《うなず》いた。

「本当に本当に、約束できますね？」

村松は覚悟を決めた。この男たちの顔を見てしまった。これから戦いの場に赴く男たちの顔を。もう後には引けない。機密を洩《も》らしてしまう罪悪感以上に、目の前の男たちに通達せねばならないことへの恐怖に、村松は震えていた。医者の自分が、こんな言葉を軍人に伝える日がくることは想像すらしていなかった。村松は大きく息を吸いこむと、言葉を吐き出した。

「目的は戦争です」

その場から音がスーッと消えた。

潜水艦のモーター音も、艦内の天井を伝っている伝声管や足元を走る管を水が流れる音も、使い古した扇風機の音も。この世からすべての音が消えた。勝杜はそんな感触を体に感じた。しばらくして微《かす》かに聞こえてきたのは、隣に立っている北の呼吸だけだった。

「今回の任務は機密中の機密。ゆえにみなさんには行き先を告げずに乗ってもらった、と艦長から聞いています」

艦長、という言葉に男たちの背筋が伸びた。

「相手はどこなのですか？」

寺内が聞いた。男たちの視線は村松を見据えている。村松の目は充血していた。村松はその場にいる一人ひとりの顔を見た。寺内、宇津木、勝杜、北、二本柳、そして古瀬の顔を。ひとり、古瀬の目だけは涼しげだった。それは「言ってください」と村松に訴えていた。

村松は小さく頷いた。

「相手は、アメリカです」


そのころ、同じ兵員室のベッドで、大滝鉄男《おおたきてつお》少尉は極度の船酔いに悩まされていた。

クソが……。昨日から吐き続けて胃の中には何も残ってへんのに、ほんでもまだ胃の中がぐるぐる鳴って、えずく。食道を通って口の中に逆流してきよったんは胃液や。クソったれが、収まれや。乗艦命令を受けたとき、任務の意味が理解できへんかった。なんでわいが潜水艦やら何やらちゅうケチな乗り物に乗らなきゃならへんのや。どないなミスをした？　いや、ミスなんかしておらへんはずや。ほな何なんや、この懲罰的な配属命令は。今までの駆逐艦と比べたら最低最悪で劣悪な乗り物にしか感じられへん。息苦しい。暑い。狭い。風呂に入れるのはいつなんや？　下艦するちゅうときまで入れへんてほんまか？　ヒゲもせや。剃《そ》れへんのか？

真水が大切ちゅうのはわかるが、髪も洗えへんのか？　このクソみたいな環境はどないにかならへんのか。便所のニオイが鼻につく。どんだけ溜《た》めとんねん。空気を吸わせろ。人間が生きていくうえで必要な空気を、胸いっぱいに吸わせてくれや。それにしてもや、潜水艦ちゅうのはこないにも揺れるもんやったのか。わいは大滝じゃ。荒くれ者と恐れられとる大滝鉄男じゃ。こないなみっともあらへん姿を、潜水艦乗りの連中なんぞに見られてたまるか。そもそもこいつらは知っとるのか。ほかの海軍や陸軍の連中から、潜水艦がなんちゅう渾名《あだな》をつけられとるのかを。

「ドン亀」最悪な渾名や。

潜水艦は敵に見つかった場合、攻撃せんで海中に沈み、亀のようにじっと身を隠しとる、せやからそう呼ばれとるのや。

あれは海軍兵学校時代のこと、夢も希望もあったころの話や。三号だったわいは、一号、二号から、鉄拳をくらわされる毎日やった。そのときにわいは失望した。エリートと呼ばれる兵学校でも、理不尽極まりない暴力行為があるちゅうことに。教官の目を盗み、おのれの憂さを晴らすための暴力。エリートなんざクソくらえじゃと思った。こいつらに媚《こ》びへつらったところで、その瞬間や兵学校在学中の生活は安泰かもしれん。せやけど、そんなんを身につけて軍隊に放りこまれたら、同じことを繰り返す人生になる。いつも誰かに揉み手をし、愛嬌を振りまき、嫌われへんように生きていく生き方。ゾッとする。わいはわいらしく生きる。

士官や同期に嫌われようが、わいらしく生きたる。

新兵のころ、この生き方は相当に嫌われた。どこに配属されても鉄拳が待っとった。殴られることなんざ屁とも思っておらへん。殺されるちゅうわけでもない。殴りたかったらなんぼでも殴れ。わいはおまえらの顔と階級は忘れへん。この悔しさをバネにしたる。わいがあんたらの階級を追い越して上官になりよったときは覚えとけ。奥歯が粉々になるまで殴ったる。ほんで少尉になったあの日。若きわいを散々いたぶっとった奴の顔をぶん殴って回った。そのときから、かつてわいを殴っとった連中は恐れをなした。それでええ。わいを恐れてくれ。次は中尉だ。中尉になりよったときのことを考えると、体がぞくぞくする。海軍兵学校時代、わいを殴っとった一号、あいつの目の前に立ったる。奴だってせいぜい中尉止まりやろう。同じ階級や。すでにわいのことは噂で聞いとるかもしれへん。中尉になりよったわいが現れたらどないな顔をする？　脅《おび》えるか？　馴れ馴れしく言葉をかけてくるんか？　それとも兵学校時代よろしゅう上級生気分で命令してくるんか？　どっちでもええ、わいの腹は決まっとるのや。有無を言わさず顔面を殴る。的確に鼻の頭を殴ったる。奴は両手で顔を押さえるやろう。次に腹に蹴りをくいこます。人間は素直な生き物で、激痛を帯びたところには必ず手が伸び保護しようとするものや。腹に手が回ったところで、今度は奴の顔に平手打ちを何発もくらわせたる。兵学校時代にわいが受けたビンタの数に比べたら微々たるもんや。

なのに……。

クソが……。俺の野望が遠ざかっていく。これは懲罰配置以外の何ものでもあらへん。わいは、なんで、潜水艦なんぞに乗っとるのや。

こないなとこでは野望は実現でけへん。

潜水艦で出世して艦長とおだてられたところで、与えられるのは箪笥《たんす》、寝台、机、椅子があるだけの三畳に満たない個室や。わいに言わせたら、あれは独房や。戦艦や駆逐艦の艦長室は、冷暖房を完備した広々とした個室だっちゅうのに。

ほかにも胸クソ悪いことがある。乗艦した初日、艦長に挨拶をしに行ったとき、艦長が下士官らと一緒に食事をしとる光景を見て驚いた。下士官と同じ内容の食事やった。「潜水艦は皆、平等だ」と艦長は笑うて教えてくれたが、クソが、と思った。平等ってなんじゃ？　潜水艦乗組員は家族的な雰囲気で一致団結しとると聞いたことはあるが、吐き気がする。わいはそないな生き方をしてきておらへん。力こそ絶対だ、と考えて生きてきた。紙一重の凶暴さを武器に周りを威圧し、戦績においてもそれを実証し、ここまで生きてきたんや。それがここにきて、家族的になれちゅうんか。

気にくわへんことはまだまだある。クソ最悪なのは、半ズボンのような事業服や。鼻垂れ小僧やないんや。こないな格好悪い姿になるくらいなら下艦するまで長ズボンで貫いたる！

そう息巻いていた大滝だったが、想像以上の暑さに耐えきれず、すぐさま半ズボン姿になった。だが陸戦隊のときから着用し続けた革のジャンパーだけは、裸の上に羽織った。それが大滝の誇りだった。

「あ……そうか」大滝はフト思い出した。たぶん、あれか。あのことが原因で、この懲罰配置になったのかもしれない。

大滝はこの潜水艦に乗艦する前は、日中戦争以降に編制された支那方面艦隊に配属されていた。支那方面艦隊は、大陸に進出した連合航空隊と上海海軍特別陸戦隊を直轄とする部隊で、大滝はこの配置こそ己の適性に符合した天職だと思っていた。ところが2年前、第五艦隊が大滝の駐留する上海にやってきたとき、大滝はひとりの男の顔を見て、あっと思った。兵学校時代のクラスだった男だ。

確か片岡《かたおか》という名前で、最悪な男だ。上級生に媚びへつらう片岡の生き方が嫌いだった。片岡は密告魔と呼ばれていた。例えばこうだ。久方ぶりの休日に、クラスの連中が安料亭に出向き麦茶とスイカでくつろぎながら訓練のグチを言い合ったところ、その翌日、グチをこぼした男が一号と二号に呼び出され、しこたま殴られたことがあった。これが一度や二度のことなら、一号と二号の耳は千里先まで聞こえる、といった伝説で終わったかもしれない。

しかし休日明けは毎度のこととなると、クラスの中にスパイがいるのではないかと、みんなが疑いだした。真っ先に疑われたのは大滝だった。大滝は同級生と群れることなく休日もひとりで過ごしていたことから、クラスに誘ってもらえない大滝がひがんで密告をしている、という話になったのだ。それを言いだしたのが片岡だったと、大滝はのちに聞いた。大滝を取り囲んだクラスの面々が「大滝、本当のことを言え」「毎度毎度一号、二号にしごかれているから、手柄が欲しくなって俺たちを売ったのか」と詰め寄られたとき、こいつらはクソつまらない連中だな、と腹の中であざ笑った。

それから2ヵ月ほどたったある休日。大滝が兵学校の裏側に聳《そび》え立つ古鷹山を散策していたときに、片岡が一号と会っているのを目撃した。こっそり耳を傾けると、その日、三号の誰々がこんなことを言っていた、誰々が二号に対してグチをこぼしていたなどと、密告していたのだ。

大滝は木立の陰でその会話を盗み聞きしながら、フンと笑った。一号と別れていそいそとその場を立ち去ろうとした片岡の前に、大滝はヌゥと現れ、「見たぞ」と言い、「卑怯者」と口元を吊りあげた。

片岡は明らかにうろたえ、「言うのか」と声が震えた。

「卑怯者」大滝はもう一度言った。

「言わないでくれ」片岡の目に涙が浮かぶ。

「言わねえよ」

「えっ……」片岡は信じられない、といった目で「どうしてだい？」と聞いてきた。

「ワレのことを密告したら、俺も同じ腐った人間になるよって」

屈辱の言葉を浴びせられた片岡だったが、「ありがとう」と頭を下げた。

「その代わり殴らせろや」

「えっ……」

「顔が嫌やったら金玉を蹴らせろ」大滝の目は真剣だった。

「そ、そんなことしたら大滝、おまえは明日から一号、二号の鉄拳制裁の毎日だぞ」と片岡は必死に言い返した。

このクソ野郎はこの期《ご》に及んでそんなんしか言えへんのか。兵学校も人を見る目がないな。こないな奴が世に出て人の上に立つんか。きっとその部隊は全滅に違いない、下士官のためにも祖国日本のためにもこいつはとっとと軍人を辞めるべきや、と大滝は強く思い、気づいたときにはその顔面を殴り、片岡が顔を押さえたと同時に金玉を蹴り上げていた。

うずくまる卑怯者を尻目に古鷹山からの下り道を歩く大滝の背中に、片岡の叫び声が響いた。

「覚えてろ」

それから上海で偶然再会するまで、片岡という腐った男の記憶は頭の片隅から消えていたが、大滝はその顔を見てあの日の忌々《いまいま》しい出来事を思い出してしまった。片岡は相変わらず上官には媚びへつらっており、下士官には横柄極まりない態度を見せていた。

片岡は大滝の存在に気づき一瞬、泳いだ目をしたが、大滝のもとに近づき「元気でやっているのか」と、声をかけてきた。大滝は片岡を無視した。気まずさを感じた片岡は大滝に背を向けると、コメツキバッタのように上官のもとへ駆け戻っていった。

大滝はその背中を見て、ろくでもない奴と一緒になってしまったと思った。

支那中央軍が精鋭部隊を増強し、租界並びに居留日本人の安全が日一日と脅威にさらされることになってきたとき、日本政府は陸軍派遣部隊の上陸を決行する判断を下し、それを帝国海軍に援護させた。

さあ、俺たちの出番だ、と大滝はその命令に心を沸き立たせながら戦場に向かった。同じ部隊に片岡の姿が見えた。下士官に自分の荷物を持たせていた片岡を見たとき、その下士官が異様に哀れに見えた。その男はそれが正しいものと大きな勘違いをしたまま成長し、いつか片岡のような上官に育っていくのだろうか……。この野郎、帝国海軍の軍人を骨抜きにするつもりか。そう思うと無性に腹が立ってきた。

戦場に着き、大滝たちは目標に向かって一斉に走りだした。大滝は走りながら、片岡と一緒にいる下士官に声をかけた。

「貴様。よう聞け。戦場で死にたくなかったら、己に強くなれ。そないごますり野郎に媚びたとこで、戦場では何の役にも立たへんぞ」

その言葉を聞いた片岡が、大滝を睨む。大滝はそんな片岡を挑発した。

「たいがいの人間は成長するちゅうが、ワレは成長どころかタチが悪うなってんな。ちっこいニイちゃんやな」

「なんだと？」

「ワレはこの下士官を、弾よけぐらいに考えとるんやろ。相変わらず卑怯な野郎やな」と、大滝はニタリと笑って走り去った。

「大滝、覚えてろー」片岡が大滝の背中に向かって叫んだ。

ケッ。またおんなじことを言ってやがる。大滝は戦場を疾走しながら、それを最後に片岡のことは忘れていた。

あいつや。たぶんあの片岡が、ご機嫌取りで培った人脈を使ってわいの配置転換を進言したんやろ。それ以外に考えられへん。陸戦隊で活動してきたわいが、何の縁もない潜水艦に配属される道理もあらへん。そういうことか……。あの腐った野郎の入れ知恵か。バカは死ぬまで治らんちゅうが、それは片岡のためにある言葉や。日本に戻ったら、真っ先に片岡の目の前に現れたる。

クソ……。それにしても潜水艦の揺れ方は尋常とちゃうな。この船酔いはいつ収まるんや。ほんで、あとどれくらいたてば慣れるんや。伊18号潜水艦の兵員室で船酔いをしとるんは、わいだけやないか。

せめて眠ることでこの気持ち悪さから解放されたいのに、あいつらはうるさすぎる。頼むから眠らせてくれや。

大滝は日本手ぬぐいの両端をねじり、自分の耳の穴に突っこんで眠ろうとしていたのだが、さっきまでピーチクパーチク騒いでいた連中の声が急に静かになると、逆に何ごとかと気になり、手ぬぐいを耳の穴から外してベッドの上で様子を窺った。

すると、見るからに貧相な軍医が、緊張した面持ちの男たちを見つめていた。

「相手は、アメリカです」

軍医の口をついて出たのは、耳を疑いたくなる言葉だった。

無音と思われた空間に、男たちの息づかいが聞こえてきた。

勝杜がゆっくりと生唾をのみこんだ。北の呼吸のピッチが上がっていき、直立不動の姿勢を取っていた新兵の二本柳の両足が、小刻みに震えだした。古瀬は何度も小さく頷き、宇津木が拳を強く握った。そして、寺内が大きく目を見開いた。

村松は、言ってしまった、と思った。

「アメリカ？」北が震える声で繰り返した。

「しっ」村松がもう喋るな、と合図した。

「軍医、アメリカって……あのアメリカですか？」勝杜も震える声で聞く。

「しっ。ここからが本題です。みなさん、秘密を守れますか？　守ってくださいよ？」

村松は男たちに念を押した。

「作戦はハワイ、パールハーバーを攻撃します」

「パールハーバーを⁉」寺内の驚きの声は、村松の想像以上だった。

「航空隊よりも先に真珠湾に潜入し、駆逐艦を撃破します」

「航空隊よりも先に⁉」と、今度は北が驚いた声をあげた。

「しっ」

北が姿勢を正した。室内は再び静まり返った。

村松は「以上です」と言って、男たちの顔を見た。呆然としている男たちに、村松は改めて釘を刺す。

「約束しましたよ。明日までの秘密ですからね」

男たちは押し黙っていた。「約束ですよ」村松はもう一度、念を押した。

突然、寺内と北が叫びだした。「よっしゃあああああ！」

獣のような叫び声に村松はヒッとなった。

「敵に不足なしや！」北が両手を高々と挙げた。

「おおおおお！」宇津木も雄叫《おたけ》びをあげた。

「やってやろうじゃないか！」勝杜は奇声を発した。

「歴史を変えるぞおおおお！」寺内は男たちを鼓舞する。

男たちはつられるように「おおおおおおお」と吠《ほ》えた。

全く予想外の展開に、村松は慌てふためいた。男たちが叫ぶたびに「声抑えて、静かに、秘密ですよ、約束しましたよね」と必死に訴えたが、もはや男たちの興奮は止めようもなかった。

「北ぁーみんなにも教えてやろうぜぇぇー」寺内が北に呼びかけた。

「こりゃあ驚きまっせぇぇ」北は寺内のあとを追い、勢いよく扉を抜けて消えた。

「よしてよーそんなことー。艦長に怒られるよ」村松が顔面蒼白となり、泣きながら叫んだ。

室内に残った勝杜と宇津木も興奮していた。古瀬は、よしやってやるか、と屈伸運動を始めた。そのなかで、二本柳はひとり、呆然と立ち尽くしていた。

寝床でうずくまっていた大滝の船酔いは、瞬間ピタリと収まった。なんやと、戦争やと……相手がアメリカさんやと？　これはおもろうなってきたやんけ。潜水艦の中での俺の役目はなんやろ？　まあなんでもええ、手柄を立てて陸戦隊に返り咲いたる。

大滝もまた、静かに興奮していた。

村松が兵員室から飛び出した寺内と北を追って出ていこうとしたとき、興奮した渡久保が部下の永井実《ながいみのる》二等主計兵曹を引き連れて兵員室に飛びこんできた。「大変だ、大変だ」と血相を変えた渡久保を、男たちは何ごとかと見た。主計兵曹長である渡久保の「大変」は、さしずめ食料を積み忘れたのか、積みこんだ食料がねずみに食い荒らされたのか、最悪のケースは厨房が火災になっているかだ。

「どうしたんですか？」勝杜が聞いた。

扉の前で仁王立ちになった渡久保が息荒く叫んだ。

「テラが言っていた。戦争だ。相手はアメリカだ！」

渡久保の言葉に村松はひっくり返りそうになり、「あのふたりは……。よしてよ本当に」

と寺内と北の口を封じに飛び出した。

その姿を見て勝杜はゲラゲラと笑った。宇津木も腹を抱えながら「あいつらは、いったいどんな勢いで喋りまくってんだ？　俺も見てこよーっと」と楽しそうに出ていった。

「おい、おまえらもっと驚けよ」と反応が鈍い男たちに、渡久保は不満げだった。

「みんな知っています。村松軍医が秘密の話だ、と言って教えてくれたんです。でもテラさんと北がみんなにも教えると言って飛び出して、それをおやっさんが聞いたんです」

勝杜は腹を抱えながら渡久保に教えた。

「なんでぇ、つまんねえな」と、事情をのみこんだ渡久保が言葉を吐いた。

「軍医がおっしゃるには明日、艦長が発表するらしいんです。この様子だと今日中に艦内に広まると思うし、村松軍医、どうなりますかね？」古瀬は笑った。

「だけどよ」そんな喧騒をよそに、渡久保が独り言《ひとりごと》のように呟いた。

「敵がアメリカって……驚いたな」

4章　ちっちゃい潜水艦

「目的は戦争です」

そう村松に聞かされたときから、二本柳は直立姿勢を崩すことなく立ちすくんでいた。

「相手はアメリカ」「ハワイ、パールハーバーを攻撃する」という言葉に男たちが咆哮《ほうこう》をあげているときも、無言で立ちすくんだままだった。鼻の穴が大きく開き、足が震え、握った拳に力が入り、呼吸が乱れていくのが自分でもわかった。それは戦争への興奮によるものではなかった。

二本柳は怒っていた。この男たちは何を浮かれているのだ。

アメリカと戦争だと？　正気の沙汰ではない。勝てるわけがない。あの大国と戦争をやって勝機がどこにあるのだ。祖国を破滅させる気か。馬鹿騒ぎをしている士官に対して、目を覚ませ、と怒鳴りたかった。今ごろになって北に殴られた鼻から血が流れてきた。おそらく頭の血管が切れたのだ。「死」という言葉が突然、現実味を帯びてきた。村松軍医の言葉によると、我々はハワイの真珠湾でアメリカ艦隊と戦うことになる。真珠湾には、敵艦艇が何十隻いるのだろうか。我が潜水艦には九五式酸素魚雷20本が搭載されている。20本すべてが命中する確率はゼロだ。よく見積もっても3分の1だ。つまり6隻に命中。そのあとはどうする。言わずもがな、逃げるだけだ。どこに逃げる？　敵の領海から逃げきれるのか？　アメリカは必死に捜すはずだ。潜水艦が海中に潜っていられる時間には、限界がある。酸素が減り、バッテリーが激しく消耗していく。いずれ海の上に姿を現さざるをえない。アメリカはそのときをじっと待っているはずだ。我々がアメリカ艦隊と航空機から逃れられるわけがない。撃沈される。つまりは確実に、死ぬ。

つまり……我々は死にに行くのか？

自分は死ぬことが怖いわけではない。職業軍人としてこの仕事を選択したときから祖国のために命を捧げることを覚悟しているが、意味のない死に方は解《げ》せないのだ。

村松軍医に再度確認したい。村松を捜そうと、丸い扉を抜けようとしたとき、横川が兵員室に現れた。横川は二本柳の顔を見て、おや、と思った。鼻血が出ていることに気づき指摘したのだが、二本柳は横川の言葉を無視するように出ていった。

「おうヨコ、聞いたか」横川の姿に気づいた渡久保が声をかけた。

「はい？」

「はい？　じゃねえよタコ。アメリカだぞ。今度の相手はアメリカだ。手はじめにハワイ真珠湾をブッつぶす」

渡久保の言葉を聞いた横川は、言葉を失った。その表情は凍りつき、ゆっくりと古瀬を見た。古瀬は優しい目を向けていた。

「見ろよコイツの顔。驚いて声が出ねえでやんの。ガハハ」渡久保が、豪快に笑いだした。

呆然とした横川の表情に、その場にいた男たちは大笑いした。

横川は「はい、驚きました」と笑顔を見せた。


兵員室に汗だくの寺内と北が戻ってきたのは、しばらくしてからだった。艦内を一周して全員に吹聴《ふいちょう》してきたという寺内と北の武勇伝に、室内に残っていた勝杜、渡久保、永井の3人が笑い転げていた。

「村松軍医殿は今ごろ泣いているな」

渡久保のひとことに再び笑いが起こった。

「他言無用で召集をかけられたときから戦争と思ってはいたけど、相手がアメリカさんって、いや〜考えてなかったな」と寺内が言うと、渡久保が合いの手を入れる。

「こっちも今回は積みこむ食糧が多いとは思っていたのよ」

「どんくらいあんですか？」勝杜が聞いた。

「3ヵ月分はあるな」渡久保は手下の永井に「なあ」と相槌《あいづち》を求めた。

　寺内、北、勝杜の3人に一斉に見つめられた永井は、ドキッとした。憧れの海軍に入ったが主計に配属され、来る日も来る日も顔を合わせるのは渡久保だけ。話す内容もメシのことだけだ。どうやったら米がうまく炊けるのか、この食材をこう調理したらこんな料理が出来上がる。毎週金曜日にカレーを出す理由は、空を見ることができない潜水艦乗組員たちのなかには朝昼晩の感覚はおろか、曜日感覚までなくしてしまう者がいるので、毎週金曜日にカレーを出すことによって、あぁ今日は金曜日だと気付けるからだ。そう教えてくれたのも渡久保だった。振り返れば、渡久保とのつき合いは4年になる。まだ包丁を握らせてもらってはいない。おまえはまだまだ修業の身だと言われる。永井にとって渡久保は、紛れもなく師匠だ。後にも先にもこの人以上の師匠は現れないだろう。艦の外でも中でも渡久保としか向き合ったことがなかった永井が今、士官の寺内、北、そして兵曹長の勝杜に見られている。

　永井の海軍人生において、上級職の男たちにこれほどまで見つめられたことはない。

緊張した永井は大きな声で答えた。「ハイ、タップリと積みこみました」

その言葉の意味をくみ取った男たちは、長期戦だと察した。大国アメリカと、戦う。それがどういうことになるのか、改めて考えはじめたとき、寺内がフト呟いた。

「そういえば村松……。潜水艦が航空隊よりも早く真珠湾に入るって言ってたよな。つまりはあれか、俺たちが一発目を撃つということか？」

勝杜の喉がゴクリと鳴った。

「そうやって戦争を始めるのか？」寺内は言葉を続けた。「航空隊より先に俺たちがぶっ放すのか！」

興奮する寺内の言葉を聞くたびに、勝杜の胸の鼓動は激しさを増した。

「新聞の一面を飾れます！」勝杜がひらめいたように叫んだ。

「タコ。全面だ全面。全ページ潜水艦の記事だろが」渡久保が嬉しそうに叫び返した。

全面！　勝杜はのぼせそうだった。

海軍での潜水艦の働きは、秘密裏にされることが多い。どこぞの海峡で駆逐艦を撃沈しても、太平洋の何百海里エリアで哨戒艦を沈めたとしても、発表されることはない。潜水艦の出現エリアは公開せず、秘匿任務ゆえのことだ。これまでに相当の戦果を挙げてきたが潜水艦の働きぶりは新聞、ラジオなどで国民の目や耳に触れることはなく、華々しい活躍が報道されるのは常に戦艦や駆逐艦、航空部隊ばかりだった。潜水艦乗りの男たちは、秘密裏の行動を美徳としていたが、陸軍はもとより駆逐艦など海軍の連中からも「ドン亀」とバカにされていることに関しては、忸怩《じくじ》たる思いがあった。ゆえに「潜水艦乗りが飛行機乗りよりも早く真珠湾に入る」という村松の言葉と「俺たちが一発目を撃つということか？」と嬉々《きき》とした寺内の言葉に、勝杜は喜びを覚えた。

潜水艦が日の目を見るときが来たのだ。勝杜は新聞の全ページが潜水艦の記事で埋められると想像するだけで、体が震えた。喜びの余り、「バンザーイ！」と叫んだ。その声に呼応するように寺内、北、渡久保、永井が続いた。勝杜たちは狂ったように何度も「バンザーイ！　バンザーイ！」と叫んだ。

大滝はもはや我慢の限界を超えていた。

眠りたいのに眠れない。クソうるさくて眠れないのだ。

相手がアメリカと判明して、興奮する気持ちはわかる。だがガキじゃあるまいし、静かに闘志を燃やせへんのか。しばいたる、こいつらをしばく。はしゃいでいるこのクソガキどもに、挨拶代わりに一発お見舞いしたる。陸戦隊時代からお守りのようにしている木槌をズダ袋から取り出すと、うおおお、と野獣のように叫んでベッドから飛び出し、狂犬のような目で男たちを睨みつけた。手に持っている木槌が、いつでもやってやる、と吠えていた。

大滝に気づいた勝杜たちが、バンザイの手を下げた。突然現れた見知らぬ男が木槌を持ちながら室内を練り歩く姿に危険を感じた永井は、しゃもじを構えて自己防衛の姿勢をとった。額の血管が浮かび上がっている大滝が永井の目の前に立った。むちゃくちゃ怖い。永井はたじろいだ。

大滝は永井の手からしゃもじを取り上げると、「何じゃい、コレは」と低く唸《うな》った。

「しゃ、しゃ、しゃもじであります」

「おまえはしゃもじ君か?」

永井は何を質問されたのかが理解できなかった。

「おまえはしゃもじ君か?」大滝は同じことを聞いてきた。

「ち、違います」

「しゃもじ君やろが」大滝の声が怒声に変わった。

永井には大滝の質問の意図が全くわからない。わからないが必死に答えた。

「違いまーす」

そう返答するやいなや、大滝の強烈なビンタが永井を襲った。

「貴様は誰なんじゃ！」

「しゃもじ君でありまーすっ！」

大滝に殴られ、そのうえ怒鳴られた永井は、反射的にそう答えた。そう答えることが正解だと思った。

勝杜は呆然と大滝を眺めていた。理不尽だ……。あいつは人間で、永井という名で、しゃもじ君ではない。それにしても誰なんだべ、この狂犬のような男は？

「幸せなところやな、潜水艦は。そないなことでガキのように喜べるんやからな。……ったく寝られないちゅうねん、アホが」

突然目の前に現れた狂犬は、そう言って兵員室を出ていった。

強烈な印象を残して去っていった男のことを北が説明した。名前は大滝鉄男少尉。この艦に乗りこむ前は駆逐艦に配属されていたのだが、そこで問題を起こしたという噂を聞いた、と抑揚のない声で言った。

どんよりとした空気に包まれた兵員室に再び活気をもたらしたのは、渡久保の言葉だった。

「さっきの話の続きだ。ウチが一発目を撃つっていうあの話」そう前置きをして続けた。

「その魚雷を発射すんのはテラじゃねえのか？　ま、そりゃあ艦長の『魚雷撃て』が最終的な号令だけどよ、それを忠実に狙い定めてドンとやんのはテラだろうな」

突然の名指しに寺内は、どうしてですか？　と声をうわずらせた。

「だってテラは工作兵出身だぜ。古瀬も同じ中尉だけど技術畑出身だ。ここはやっぱ工作部隊の出番だろうが。名誉の一発、栄光の一発目は寺内中尉殿の仕事だと思うぜ、俺は」

渡久保の言葉には説得力があった。勝杜たちも、なるほど、と思った。

寺内の鼓動は早鐘をうち鳴らすようになった。

俺が一発目？　栄光の一発目が俺？　寺内同様に興奮したのは北だった。

「すごいことですよ、それ！」

天井を見つめていた永井が、思い出したように叫んだ。

「あっ！　そうだ、アレがそうなんじゃないですか」

寺内たちが何ごとかと永井を見た。

永井は、あっ……また見られている、と緊張した。士官の方たちが自分を見てくれている。先ほどは「ハイ、タップリと積みこみました」と短い言葉で終わってしまった。よし、今度はもっと長く喋ってさらに自分の存在を知ってもらおう。永井は大きく息を吸いこんで言った。

「呉を出て、倉橋島の『亀ヶ首』で最後の食糧の積みこみをしたのですが、そのとき艦の上にちっちゃい潜水艦みたいなものがあったのであります」

「ちっちゃい潜水艦だと……？　そんなのあったか？」渡久保が怪訝《けげん》そうに聞いた。

「ありました。カバーで覆われていましたが、その隙間からチラリと見えた黒色に光った鉄の塊、ちっちゃい潜水艦が見えたのであります。自分、思わず立ち止まって見ていましたら、取り付け作業員に『早く艦に入れ』とドヤされて逃げるようにその場から離れてしまったのですが……そうですよ、あのちっちゃな潜水艦で真珠湾に潜るんですよ。このでかい艦で潜入したらバレる確率は高いですが、あのちっちゃい潜水艦なら相手に気づかれることなく真珠湾に入っていけるはずです」

永井の言葉には信憑性《しんぴょう》があり、男たちは聞き入った。

永井は自分の推理が確信に変わったかのように、天井を見つめながら呟いた。

「そうですよ、そうですよ……あれで侵入するんですよ」

「ちっちゃい潜水艦……？」勝杜は永井に倣って天井を見上げた。

勝杜は倉橋島の「亀ヶ首」でのことを思い返していた。停泊時間は確かに長かった。どこに向かうのかは知らされていないが、長旅に向けての最終整備に時間がかかっているのだろうと思っていた。しかし、整備以外の兵は艦内待機という命令も、今考えると不思議なことだった。永井の話が本当だとするならば、倉橋島の亀ヶ首でちっちゃい潜水艦を取り付けたということになる。符合することが多い。

どんな型なんだべ……。勝杜は天井を見つめていた。

「なあ、見に行こうか……」そう呟いた寺内の提案に、北が慌てた。

「あきまへん！　甲板には見張り担当以外上がれません。艦長に怒られます」

「おやっさんと一緒に残飯を海に捨てにいけばいいんだよ」

寺内の突飛な提案に男たちは、おお！　と唸った。

「行くぞおー」渡久保を先頭に男たちは楽しそうに出ていった。

「あきまへん！　寺内中尉あきまへん」艦長に目をつけられるようなことがあったら寺内の昇進にかかわると北が制止したが、後の祭りだった。

ひとり兵員室に残った北は、ぼやいた。

「あの人はなんでああなんや。本気で大尉になりたいちゅう気持ちはあるんか。艦長から目をつけられたら致命傷なんやで。知らんで、どうなっても……」北は腐った気持ちのまま、ベッドに横になった。

しばらくして横川が戻ってきた。兵員室に北しかいないことに「ン？」となった。

「あの、みなさんは？」

北は下士官の横川を見て「おまえには関係あらへん」と毒づいた。

伊18号潜水艦

全　長　109・3メートル

全　幅　9・1メートル

排水量　基準2184トン、常備2554トン、水中3561トン

機　関　艦本式2号10型ディーゼル2基2軸。水上1万4000馬力、水中2000馬力

速　力　水上23・6ノット、水中8・0ノット

航続距離　水上16ノットで1万4000海里。水中3ノットで60海里

燃　料　重油

乗員　95名

そのなかに寺内、古瀬、北、渡久保、宇津木、横川、二本柳、大滝、村松、永井、勝杜という、11人の個性あふれる男たちがいた。

男たちを乗せた伊18号潜水艦は、太平洋の白波を砕きながら真珠湾に向かっていた。

5章　嫉妬

北の心は晴れないままだった。

自分以上に寺内中尉を愛し、大尉になってほしいと願っている者はいない。この気持ちが、どうして寺内中尉に伝わらないのだ。寺内中尉はなぜ、あのような連中とつるむのだ。このままだと古瀬中尉に先を越されてしまう。そうなると、古瀬中尉にかわいがられている勝杜は、いずれ兵曹長から自分と同じ少尉になってしまうかもしれない。海兵団出身の勝杜と同じ階級になるということは、自分の誇りに傷がつく。そんなことは許せない。

北が勝杜と出会ったのは昭和11年5月、呉の潜水学校時代のことだった。北はとにかく明るい男と言われていて、「北をひとことで言い表すなら、いい奴」そういう評判だった。さらに付け加えるなら「負けず嫌いのいい奴」なのだが、難点はしつこいことだった。

この欠点が初めて露呈したのが、休み時間にあみだで対戦相手を決めて急遽《きゅうきょ》、腕相撲大会となったときのことだった。決勝戦は大方の予想どおり、北と、クラス一の剛腕で知られていた福岡出身の男だった。北と福岡の剛腕は気合い十分に見合って、ひじの位置を確認し、掌《てのひら》を重ねた。一瞬の静寂ののち、審判役となった勝杜の「始め」の声で男たちが「いけ」「頑張れ」と叫んだその瞬間、勝敗はついた。福岡の剛腕が北の手の甲を勢いよく机に叩きつけたのだった。あっという間の勝負に、名勝負を期待していた男たちはしらけた。

そのとき突然、北が叫んだ。

「今のはずるや。はじめ、の〝は〟で奴は力を入れた。ルールでは、はじめの〝め〟や。奴はずるをした」

北は細い目を吊りあげて叫んだ。

決着がついた勝負にいちゃもんをつける北は男らしくない。その場にいた誰もがそう思ったが、いつも明るい北がそこまで主張する姿を見て、福岡の剛腕が本当はずるをしたのかもしれない、そんな空気が漂いだした。ならばと、福岡の剛腕が、よしもう一丁だ、と再戦を受けた。その場にいた男たちは、おおおおーと叫び、北は、それでこそ男じゃ、と福岡の剛腕を睨んだ。

「再戦」審判役の勝杜の声が響いた。

「手をゆっくりと合わせて」勝杜が慎重に北と福岡の剛腕のひじの位置を確認し、ふたりの掌を合わせた。力入れねぇ、力入れねぇぞ、と勝杜が幾度となく両者に注意を与える。それでもふたりは力が入ってしまう。腕の筋肉が隆起し、血管が脈打っているのがわかる。力入れねぇ、とさらに強く注意し、見ている側にもその緊張が伝わっていた。力を入れるな、というのは無理な話だ。勝杜が「〃め〃でスタートだぞ。いいな〃め〃だぞ」とふたりに強く言い聞かせ、右手を合わせた両者が、勝杜の号令を今か今かと待ち、勝杜はタイミングを見計らいながら「始めぇー」と叫んだ。北と福岡の剛腕が「うっ」と唸る。見学の男たちが一斉に叫んだ。「いけー!」「頑張れー!」だが勝負はまたしても一瞬だった。北の手の甲が再びダンと机に叩きつけられた。誰が見ても福岡の剛腕の圧勝だった。しょうがない。北に同情した男たちが慰めの言葉をかけようとしたときだった。

「今のはなしや」

北が低く呟いた。

「審判の掛け声がはっきりせえへんかった。『はずめぇー』って言った。わかりにくかった。もう一度や」

北は今度は勝杜の掛け声にいちゃもんをつけ、審判を替えろと主張した。福岡の剛腕は呆《あき》れたように北を見て「わかったわかった。俺はずるをした、おまえの勝ちだ」と笑った。その笑顔と言い方が北の癪《しゃく》に障《さわ》り、「なんやその勝ち誇ったツラと言い方は」と突っかかり、場は荒れた。そしてすっ飛んできた教官に「海軍として秩序がなっていない、連帯責任だ」

と遠泳の罰を科せられたのだ。それ以来、北と腕相撲をする者はいなくなった。

北はチームリーダーになりたいと常々思っていたのだが、それが実現しなかったのは、こんなところに理由があった。

そんな孤立していた北に優しい言葉をかけたのが、兵学校時代の上級生、寺内だった。以降、北は寺内のために生きようと決めた。寺内中尉の出世を誰よりも願い、それなりに尽力してきたつもりだ。だが肝心の寺内があの有り様だ。どないしたらええんや……。


横川はベッドに腰をかけながら、渡久保の言葉を思い出していた。

「今度の相手はアメリカだ。手はじめにハワイ真珠湾をブッつぶす」

明日の朝、艦長が乗組員全員を集めて訓示をすると聞いていた。その内容はおそらく、渡久保が言っていた目的地と作戦のことだろう。しかしどうして、秘密の作戦が今日の時点で乗組員に洩れているのだろう。あのとき、兵員室を出た古瀬を追いかけて「古瀬中尉」と呼び止めた。そのことを聞こうとしたが、古瀬は「みんなすごい興奮ぶりだな」と笑って去ってしまった。

その後、心を落ち着かせて兵員室に戻ってきたのだが、興奮した勝杜たちの姿はなく、不機嫌な北だけがいた。北は何やらひとりでブツブツと怒っている。北とはそれほど親しい関係ではないので、どうかしたのですか、と聞くのも妙なものだ。だからといって北とふたりきりだから、気まずくなって兵員室を出ていったと思われても困る。勝杜の帰りをもう少しだけ待ってみよう……。

そのとき、頭を抱えた村松がやってきた。

「ああ……駄目だ。みんな知ってる。私は怒られる」

横川は何ごとかと村松を見つめた。

苦悩する村松を見てケタケタ笑ったのは北だった。村松は北を睨んだ。

そうだ……おまえだ、おまえがペラペラ喋ったからだ。おまえたちにそそのかされた私もバカだったが、秘密にすると約束をしながら艦内に触れ回った寺内と北が許せなかった。村松は覚悟した。ここでひとこと意見をしておかなければ、これからの長い艦内生活はつらいだけの時間になる。「大尉」という肩書を利用してでも、この男には物申しておく必要がある。

「北少尉。あなたは最低だ」

「ほう、どういうことですかいな、それは？」

「明日、いや、今夜、私は艦長にきつく叱られることになると思います」

「それはお気の毒でっしゃなーハハハ」

「今回のことで、私は祖国に帰り次第、馘首《かくしゅ》されるでしょう。だが私には医者という戻る場所がある。あなたにはあるのですか？　私は今回の一件の経緯を、艦長には正直にお話しするつもりです。あなたたちに恫喝《どうかつ》されたこと、あなたと寺内君が私との約束を反故《ほご》にし、艦内中の乗組員たちに喋りまくったことを」

北の顔色が変わった。効果あり、と思った村松は一気にたたみかけた。

「あなただって問題にされるはずです。大尉である私との約束を破ったのですから、それ相応の処分が下されるはずです」

「わいを脅してるつもりか」

「ええ脅していますよ。それくらいのことはされたのですから」

村松の声は、震えながらも堂々としていた。

北は思った。村松は本気だ。そんなことが艦長に知れたら寺内と自分の汚点となり、寺内は大尉どころか降格処分となる。絶対にそんなことがあってはならない。どうする……どうすべきだ……。

北の顔色を窺っていた村松は心の中で「勝った」と思った。「艦長」という言葉は絶大だと、改めて感じた。もともと、彼らの名前を艦長に持ち出して言い訳をしようなどとは思ってもいない。今回の件は百パーセント、私のミスだ。処分は私ひとりで十分だが、それでも今後なにかあるたびに、こうやって「艦長」という言葉を利用して自己防衛していこうと考えていた。

そのとき、背後から声がした。

「村松大尉、よろしいですか」

振り向くと二本柳が立っていた。

村松は二本柳の顔を見て、そうだ、もともとはこの男を助けようと思って、ついつい機密事項を喋ってしまう羽目になったことを思い出した。上官たちに囲まれ、怒鳴られ、小突かれている二本柳の姿を見たとき、まるで自分を見ているような錯覚に陥った。この艦内で、ひとり闘っている二本柳という青年を助けたいと思った。その結果、私は艦長に叱責され処分を受けることになる。それでもいい、この青年を助けたのだ。おそらく感謝の言葉でも言いにきたのだろう。

充血した目の二本柳の口から出たのは、村松の予想とは違う言葉だった。

「アメリカと本気で戦争を行う気ですか」

なんだよ、またその話か……。村松は期待した自分がバカだったと言わんばかりに、強く言い放った。

「知りませんっ、もう何も言いません」

「アメリカですよ。勝てるわけないじゃないですか」

二本柳のその言葉に、北と横川がピクッと反応した。

「大尉はアメリカ軍部の報告書を見たことがないのですか」

「軍部の報告書？」思わず北が身を乗り出した。

そんなことも知らないのか、と二本柳は北を一瞥《いちべつ》した。

「日本とアメリカが戦争をする可能性の確率が載ってる文書です。そこにはこうあります。ひとつ、日本人はアメリカに大きな損害を与える能力はない。新機軸を取り入れる能力もない。真似《まね》するだけだ。兵器は欧米のコピーにすぎない」

「なんやと、ふざけやがって」北は激昂した。

「ふたつ。日本人は解剖学的に、内耳に欠陥がある。しかも近視が多いので平衡《へいこう》感覚を欠く。気圧の変化に対応できず、飛行機の操縦は無理。爆撃照準はもちろん、高等飛行もおぼつかない。みっつ。日本人は武士道の戒律に従う。また人の命を軽く見る性行を持ち——」

「やめろ！」叫んだのは横川だった。

二本柳は横川をひと睨みすると、再び村松に向かって吠えた。

「日本人は人の命を軽く見る性行を持ち――」

そのときだった。横川が二本柳に拳をくらわせた。不意打ちされたかたちの二本柳は、床に倒れた。

「やめろと言ったんだが！」横川は鳥取弁で怒鳴った。

温厚そうな横川の突然の行動に、村松と北は驚いた。

「またか……」呟きながら二本柳は、ゆっくりと起き上がり村松を見た。

「ご覧になりましたか？　これでも見て見ぬふりをするおつもりですか？」

村松は横川をじっと見ていた。二本柳の言い分はもっともだ。だが横川の気持ちは痛いほどわかる。さあ、どうする。この殺伐とした室内を平和的に解決しなければならない。大尉としての腕の見せどころだ。村松は気合いをこめて言葉を発した。

「横川っ」

「は……」

「拳、大丈夫ですか？」

「ふざけている！」

予想外の村松の対応に憤慨した二本柳は兵員室を飛び出した。

「あ、嘘です、冗談です。おーい二本柳」と、平和的解決に失敗した村松は追いかけた。

艦内の通路を歩きながら、宇津木は笑いが止まらなかった。

機関室、通信室、ほかの兵員室では、寺内と北が触れ回ったアメリカとの戦争の話で持ち切りだった。こりゃあ艦長が怒るぜ、あのもやしみたいな村松軍医はどうなるんだ？　想像するだけでおかしくてたまらなかった。

ちょうどそのころ、別の通路を興奮状態の寺内と渡久保が歩いて来た。

「おやっさん、見ましたか見ましたか？」

「見たよ、ハッキリと見ちゃったよ俺は」

艦長の目を盗んで梯子をのぼったふたりはひょいと甲板に顔を出し、後部甲板部分にカバーで覆われたちっちゃい潜水艦を見た。海軍生活で初めて目にしたその潜水艦への興味と興奮は、寺内の脳と体に最高の刺激を与えていた。

「それにしても何なんだよアレ、あんなのいつ造ってたんだよ」

「ああ、驚いたぜ」と呟いた渡久保が、前から歩いてきた宇津木を見て、フト気づいて言った。

「あっ、宇津木。おめえは知っていたな、このやろ」

「ン？　なんのことだ」宇津木が尋ねた。

「ちっちゃい潜水艦だ。おまえは整備長じゃねえか。知らないわけねえだろうが」

「……なんで渡久保が知っているんだよ」

「見たからだよ」

「見た？　見ちまったのか？　機密中の機密なんだぞ」

「ああ、しっかりと見ちまった。なあテラ」

「あれに乗って真珠湾に入るの？」

「……」

宇津木は口を閉ざした。それは俺が言うことではないのだ。艦長の許可なく先走ってはいけない。村松の二の舞いになってはだめだ。宇津木は寺内と渡久保の好奇の眼差しを振り切って、「それだけは言えない」と逃げるようにその場から離れた。その姿を見た渡久保は「宇津木はわかりやすい男だ。今のが答えだ」と豪快に笑った。

宇津木はしまった、と思った。興奮する寺内の声が聞こえてきた。

「かっこいいなあ、俺はあれで一発撃つのかよ」

「えっ？」宇津木はゆっくりと振り返った。

寺内と渡久保が、楽しそうに話しながら歩く姿が見える。

「そうそう、あれにテラが乗ってドンと撃つんだぜ」

「まいったなー。えぇぇー本当に俺でいいの？　歴史的な一発って、攻撃一番手って、ええ～新聞に載るの？　美智代《みちよ》見ちゃうのかな？　あ、美智代っていうのは結婚したコレでして」と小指を立てながら、「ええ～まいるなぁ～俺、有名になるのかよ～」と寺内はもうすっかりその気になっていた。

浮かれている寺内の後ろ姿が忌々しく見え、宇津木は思わず口の中で小さく呟いた。

「ヨコだ。乗るのは横川だ」

そのとき、15メートルほど離れていた寺内がバッと振り返って宇津木を見た。

宇津木はドキンとした。聞こえたのか？　まさか……。いや、潜水艦乗りは耳がいい。聞こえてしまったのかもしれない。これこそまさに、機密中の機密だというのに。俺はなんてことを……。宇津木は寺内の目から逃れるように、急ぎ足でその場を去った。

「テラ、そんじゃあ俺は仕事に戻るぜ」と渡久保は陽気に去っていったが、寺内は宇津木の背中を見たまま立ちすくんだ。

「横川だと……」寺内は呟いた。

兵員室では、横川が拳を見つめながら自己嫌悪に陥っていた。

なんてことをしてしまったのだろう……。二本柳の言葉が許せなかったのは事実だ。だからといって殴ることはなかった。同じ一等兵曹といっても、二本柳は海軍兵学校の出身で、自分は海兵団。分をわきまえていたはずなのに、なんということをしてしまったのだ……。二本柳に謝罪をしよう。どんな理由があるにせよ、人を殴ることはいかん。俺はみんなと楽しく過ごしたいんじゃ。

「横川。おまえやるやんけ」笑顔の北が肩を抱いてきた。「貴様は間違ってないで。ああいう男の鼻っ柱を折ってやることもわしらの仕事や」

「……」

「ところでおまえは腕相撲、強いんか？」北は嬉しそうに腕を見せてきた。

寺内が兵員室に戻ってきたのは、そのときだった。北が寺内に駆け寄った。

「寺内中尉、艦長にバレてへんでしょうね？　それで見たんですか？　ちっちゃい潜水艦、どない型やったんですか？」

北の言葉に、横川は「えっ……」と寺内を見た。寺内も横川を見た。

「横川、どういうことだ。正直に答えろ」

「はい。何ですか」横川は直立不動の姿勢をとった。

「どないしたんですか？」寺内の横川に対する質問の意図がわからない北が聞いた。

「北。ちっちゃい潜水艦に乗るのは、この横川一等兵曹サマらしいぞ」

横川は寺内に見つめられながら、生唾をひとつのみこんだ。


通路の片隅で勝杜は手帳を開き、昨日書いた日記を見つめていた。

『我々の出撃を覚えている人は一億の人の中に何人いるやら。なんという淋しき旅立ちか。見送る者は無言の自然のみ。行く先は何処ぞ……』

帝国海軍の行き先は決まっていたのだ。

アメリカ。ハワイのパールハーバーだったのだ。

戦争だ。

先ほど、寺内と渡久保の背後から、勝杜もあのちっちゃい潜水艦を見た。あれは何を意味するのか。主計の永井が言ったように、あのちっちゃい潜水艦で真珠湾に潜入するのだろうか？　帝国海軍の歴史において、そのように戦ったという記録はない。勝杜は軍医の村松が言った言葉を思い出した。

「航空隊よりも先に真珠湾に潜入し、駆逐艦を撃破します」

考えてみると一理ある。真珠湾に潜入と簡単に言うが、湾には潜水艦の潜入を防ぐための防御網が張り巡らされている。そこを突破する方法はひとつしかない。米太平洋艦隊が湾から出港する際に防御網は解除される。その間隙を縫《ぬ》って潜入するには全長109・3メートルのこの艦では危険が伴う。しかし、あのちっちゃい潜水艦なら敵の目をかいくぐって潜入できる可能性は高い。

勝杜は自分の推測に体がぶるっと震えた。

アメリカ海軍がハワイに石炭貯蔵所を設置し、カラカウア大王時代の1875年、米布互恵条約により真珠湾に軍港を設置する権利を得ると、それ以降、真珠湾軍港は太平洋のジブラルタルと呼ばれ、アメリカの西の防衛拠点となり、1940年5月以降アメリカ太平洋艦隊が真珠湾を基地とした。真珠湾とその周辺には戦闘部隊として空母、戦艦群、水雷艦隊、第四潜水艦隊、海軍航空隊が配備され、所属将兵と海軍病院関係者合わせて4500人余りが働いている。白人以外にも中国、朝鮮、プエルトリコ、フィリピン、ポルトガル人などがいるが、日系人はほとんど雇用されていない。これは日系人に対する差別だ、と以前ある士官が叫んでいた。また、こうも言っていた。我々は世界平和を願ってやまない民族であるのに、なぜにそのような仕打ちをされるのだ。そこまでして日本と戦争を起こしたいのか。我が国は大東亜永遠の平和、世界の平和を祈念しているが、それにもかかわらずその目的を達成できないのは、憎っくき米英のせいであることは明白な事実なり。

あのときの士官の言葉が勝杜の頭をよぎった。

すべてがつながった、と思った。

家族や親族にも秘密裏に集合させられ、目的地も告げられずに艦隊番号を消した伊号潜水艦は広島県の呉軍港を出港した、このことも合点がいく。

戦争だ。俺たちは戦争のためにハワイに向かっている。

問題はあのちっちゃい潜水艦だ。

いったい誰が乗るのか？　それは海軍の歴史において名誉の一撃となる。

できるなら乗りてぇな……。

勝杜が手帳を閉じて兵員室前まで歩いてきたとき、室内から寺内の怒鳴り声が聞こえた。

「横川、どういうことだ。正直に答えろ」

「北。ちっちゃい潜水艦に乗るのは、この横川一等兵曹サマらしいぞ」

寺内の突然の指摘に、横川の目は一瞬、動揺したが、すぐに姿勢を正して寺内に言った。

「誤解であります。自分は知りません」

「宇津木さんが言っていた。それでも恍けるのか」

宇津木さんが言っていた？　まさか……。横川の視線が再び泳いだが、それでも気を取り直して毅然と言った。

「宇津木整備兵曹長の発言は誤解であります」

「なんで貴様なんや、おお！　説明しいや」北が横川の胸ぐらをつかんだ。グイグイ首を絞めあげられた横川は、うっと唸った。

そこに飛びこんできた勝杜が、北と横川を引き離した。

「北！　何してんのさ。本人が誤解って言ってんだから誤解だべさ」

「勝杜。何べんも言わせるな。ワレは誰に口きいてんのや。世ん中には階級があるんや。階級に従え。古瀬中尉が仲良うしてくれるからって、下っ端のおまえが俺と対等の口をきくな、ドアホ！」

北の憎まれ口にはもう慣れた。ただ仲裁に入ったものの、横川がちっちゃい潜水艦に乗るという話は、勝杜も気になっていた。

「横川。おまえ、海軍にきて初めてワイシャツを着たんだったよな」怒りの目をした寺内が横川に迫った。

「はい」

「首が絞まって息ができないって慌てていたな」

「そうであります」

「靴を初めて履いたのも、靴下を初めて履いたのも海軍だ」

「そうであります」

「鳥取の田舎では下駄暮らしだ」

「そうであります」

北が一笑しながら勝杜の耳元で囁いた。「北海道の漁師と同じや」

「そんな田舎者が名誉ある一発を撃つ仕事を授かろうなんざ、どういう了見だ」

「誤解であります。宇津木整備兵曹長の発言は、本当に本当に誤解であります」

「ほう。なら万が一そんな命令が下されたらどうするんだ?」

「辞退いたします」横川の言葉には力があった。

「横川。武士に二言はないぞ」

「はい」

勝杜は寺内と北を恨めしそうに見ていた。

ちっちゃい潜水艦に横川が乗るという話は、本人が言うとおり、寺内中尉の誤解だろう。一件落着だ。だが許せないのは横川への言葉の暴力だ。ひどすぎる。北が言ったように、俺も北海道で下駄暮らしだった。海軍にきて初めて革靴を履いた。そんな連中は海軍には大勢いる。好きで貧乏になっている者などいないのだ。だから許せない。横川へのこの言葉は許せない。

勝杜のその表情に気づいた北が「なんじゃい、その顔は」と言い、目の前に立った。殴るつもりなのだろう。やるならやれ。貴様の平手など痛くも痒《かゆ》くもない。殴られても目を閉じることなく、貴様を睨みつけてやる。

乾いた音が兵員室に響いた。

勝杜は、チッと思った。殴られた瞬間、目を閉じてしまった。

左の鼻から生温《なまぬる》い血が流れ落ちてきた。

6章　接吻

「勝杜さん、大丈夫ですか？」

横川は勝杜の首の後ろをトントンと叩き、止血の応急処置をした。

「平気平気。北のバカ野郎、いい気になりやがって。そんなことよりヨコ、本当はどうなのさ。アレに乗るって、ちっちゃい潜水艦」

勝杜はもう終わった話だとは知りつつ、冗談めかして聞くと、横川はケタケタと笑って答えた。

「よしてくださいよ。そんなことあるわけなかじゃないですか。自分はただの一兵卒ですけえ」

「だな、やっぱそうだよな。ああいうのは偉い人が乗るよな。したら俺は殴られ損だわ」

「はい、殴られ損です。すみません」

「このやろー」勝杜と横川は笑った。

ちょうどそこに古瀬が戻ってきて、談笑しているふたりを見て尋ねた。

「どうした？　何がおかしいんだ」

「はい。寺内中尉がちっちゃい潜水艦に乗るのはヨコだって言いだして、それでいろいろとありました」

「ちっちゃい潜水艦？」古瀬は怪訝そうに聞いた。

「はい、この上に乗っかっているんです。秘密兵器です。それにヨコが乗るって決めつけて、それでヨコはちまちまといじめられて、俺は北にビンタされてこのザマです、ハハハ」

勝杜は楽しそうに話をした。

「そうか……」古瀬はそう呟いて、横川を見た。

「作業に戻ります」どう答えていいのかわからない顔をした横川が、一礼をして出ていった。

その背中を見送った古瀬が「じゃあ、やり返すか」と笑った。

「やり返す？」勝杜が聞いた。

「さてと、何をしてやろうかな」

古瀬は腕を組みながら、ンーと考えはじめた。テラの弱点か、なんだろうな……。古瀬は悪戯っ子の顔になっていた。

うえっうえっと、相変わらずえずきながら大滝が口を押さえて兵員室に戻ってきた。

船酔いはひどくなるばかりだ。涼しい場所を求めて艦内を歩いてみたが、そんな夢のような場所はどこにもなかった。歩くたびに気持ち悪くなるばかりだ。クソが、この艦で船酔いをしとるのは俺だけか、こんなところに俺を閉じこめよって……。古瀬と勝杜が俺を見ている。こいつら俺のことをバカにしとる。クソったれ、この忌々しい船酔いが収まったらしばいたる。

「なに見とんじゃボケ」

毒づきながら、大滝はベッドに潜りこんだ。

ちっちゃい潜水艦に乗るのは横川ではなかったと知った寺内は、ご機嫌だった。

あれは今年の9月28日のこと、呉での訓練中に突然の特別休暇が出たので、新妻が待つ埼玉へと帰った日のことを思い出していた。服装は夏服の第二種軍服を着用し、腰に短剣、手にはトランクを持ち、意気揚々と呉駅に向かい、一路埼玉を目指した。大阪を過ぎたあたりから海軍の制服姿に人々の視線が集中するのを感じ、東京駅に着いたときには女子学生やいがぐり坊主の中学生たちの注目度はさらに増した。この姿を早く美智代に見せてやりたいと思った。美智代は寺内の突然の帰宅に驚いた。その顔は、寺内が予想したとおりの愛らしいものだった。

「顔が見たくなったのでフラリと帰ってきた」

寺内の言葉に美智代は頬を染めた。

美智代の手料理を食べながら、今度はいつ帰ってこられるのだろうかと考えていた。どう考えても今回の特別休暇は唐突すぎる。佐世保軍港に行ったままの我が伊18号潜水艦は、何をしているのだろうか？　僚艦の伊16号、20号、22号、24号も佐世保軍港に行ったきりだ。

横須賀と呉の艤装員《ぎそういん》が総動員されていると聞いた。自分の知らないところで何かが起こっていることは間違いない。5年目に入った日中戦争では、日本軍は「南方の宝」と呼んでいる石油、アルミニウム、ニッケル、生ゴムなどを獲得するために南方を目指し、7月24日、帝国海軍の艦艇と輸送船が南部仏印進駐のため、カムラン湾にその姿を現した。これに異様な反応を示したのはアメリカだった。日本の南進作戦の「南方」には、アメリカ支配下のフィリピンも組みこまれているため、アメリカとしては見過ごすことができない状態となり、我が国に対して再三の警告をしてきている。つまりは……。

料理を口に運んでいた寺内の箸が、フト止まった。

アメリカと戦争か……？　恐ろしい考えが頭の中で渦巻いた。

帝国海軍は、連合艦隊司令長官山本五十六《いそろく》大将は、それをやろうとしているのか？

「お口に合いませんでしたか？」

美智代が心配そうに聞いてきた。食卓に並べられた料理は、里芋の煮っころがしと魚のみりん干しだった。

海軍にいる限り食事に困ることはない。だが国民の食生活は……。前年1940年に、アメリカのルーズベルト大統領が日本に対して鉄屑、航空機用燃料の輸出を禁止し、イギリスとオランダがそれに呼応したことで我が国に深刻な打撃を与え、今、寺内家の食生活にもその影響が表れていた。そういえば、と美智代の着物を見た。突然の寺内の帰宅に「嫌ですわ、こんな格好で」と着物に着替えた美智代だったが、それは1年前に寺内が新調したものであり、その後、美智代には着物を買ってあげられていないことに気づいた。

寺内は洗濯したての真新しい第二種軍服姿で帰宅したことを恥じた。

俺は何のために海軍に入り、美智代を妻に迎えたのだと自問自答した。

寺内は小さいころから軍国少年だった。6人きょうだいの長男として生まれた寺内少年は、幼ききょうだいたちの手本になろうと、軍人になることを夢見た。中学に入学したころ、4人の妹たちが町を歩いていた海軍将校の姿を見て喜んだことをきっかけに、お兄ちゃんは海軍将校になると周囲に宣言した。

将校になるにはいくつかの方法があった。一、海軍士官養成のための各種の学校へ入学・

卒業する。二、兵より士官養成学校へ入学・卒業する。三、海軍志願兵となり、兵から順次昇進する。四、大学または専門学校において海軍各科に必要な学術を修め士官に任用される。五、海軍各兵科の依託学生生徒に採用され、卒業後士官に任ぜられる。寺内は迷うことなく、一の、江田島海軍兵学校での兵科士官の養成を狙った。

海軍兵学校は第一高等学校と並び、国内でもっとも難関校であった。負けず嫌いの寺内少年は猛勉強し、中学五年になったときに海軍兵学校を受験した。だが身体検査により不合格。文武両道の兵学校では、頭脳だけの男は不用だったのだ。寺内は泣いた。悔しくて悔しくて何日も泣き、親にもう一度受験をさせてくださいと頭を下げた。それから毎日、猛勉強と剣道の練習に明け暮れ、翌年、寺内は晴れて兵学校の生徒となった。

クラスには古瀬がいた。古瀬とは気が合った。ただ、自分は古瀬より一つ年上ということを言えないまま、2ヵ月が過ぎたある日、実は俺は、と告白をした。古瀬は一瞬驚いた顔を見せたがすぐにいつもの笑顔に戻り、困ったな……と頭をかいた。

「何が困ったんだ」

「同い年と思っていたから寺内と呼び捨てにしていた。だが、今から『寺内さん』はヘンだ。どうしようかと考えていた」

「今までどおり、寺内でいい」

「今からテラと呼ぶ。そう決めた」

古瀬は気さくないい奴、寺内はそう感じた。

帝国海軍の練習艦「八雲」に乗ってホノルルに入港したとき、寺内と古瀬は甲板に並んで初めて見る真珠湾軍港を眺めていた。

「古瀬。すごい艦隊だな。俺たち必ず艦長になろうな」

あのとき、古瀬は寺内の言葉に応えなかった。

「古瀬？」寺内が顔を覗きこむと、古瀬は我に返ったように「ハハ」と笑った。

「テラ、ハワイはきれいな島だな」

「おまえは呑気《のんき》だな」

ハハハ、古瀬はまた笑った。


寺内は食事をしながら、さまざまなことを思い出していた。そうだった、俺の夢は艦長になることだ。祖国のために尊敬される軍人に、美智代が自分のことを人さまに自慢できる軍人にならなければいけないのだ。目の前にいる健気な妻を幸せにしたい。もともとは4人の妹たちの自慢の兄になるために海軍将校を目指した。だが今は美智代のために立派な軍人になるのだ。今夜、美智代を強く抱きしめたい。その肌のぬくもりを宝物に呉に帰ろう。しかし食事をすませ風呂からあがると、中学時代の級友たちが押し寄せ朝まで酒盛りとなってしまった。美智代の肌のぬくもりはお預けとなった。

寺内は美智代のことを想いながら、通路を歩いていた。帰ったら今度こそ、強く強く強く抱きしめるのだ。それも海軍の歴史に名を残す名誉を携えて。その土産話に美智代はどんな顔をするだろうか。

寺内は楽しくて仕方がなかった。

だが気になるのは先ほどの宇津木の言葉だ……。

あれはどういう意味なんだ？　それとも俺の聞き間違いなのか？

艦内の通路を宇津木は急ぎ足で歩いていた。先ほどの寺内の視線が気になる。あの言葉を聞かれてしまったかもしれない。もしそうなら、俺が勝手にそう思っただけだと訂正したい。そうしないと寺内のことだ、あらゆるところで吹聴するはずだ。そんなことが艦内に広まってしまったら、俺が艦長から大目玉をくらう。どこだ、あいつは、どこに行ったのだ。慣れ親しんだ伊18号がこんなに広いものかと、宇津木は焦っていた。

いた……。寺内が管制盤室を抜けて倉庫の前を歩いているのが見えた。その先は後部兵員室だ。兵員室に戻る前に訂正しなければならない。

「テラ」

「なんですか」宇津木の声に寺内は振り返った。


そのとき、兵員室の古瀬は扉の外の通路に寺内がいることを察した。同時に、寺内を悶々とさせる作戦を思いついた。美智代だ。テラの弱点は新妻の美智代だ。

古瀬は寺内に聞こえるように大声で話を始めた。

「いやー、でも驚いたぞ。勝杜、知っていたか。伊22号の風祭《かざまつり》のカミさんが浮気してたんだってさー。信じられるかぁ？ 浮気だぞ、不義密通だ。風祭のカミさん、美人だし、性格は最高で、身だしなみもキチンとして、あれぞニッポンのカミさんだ。何をとっても最高だ。そのカミさんが浮気だ」

古瀬の突然のヘル談に勝杜は驚いた。それは扉の外の通路にいた寺内と宇津木も同じであった。海軍用語で言うところのヘル談、つまり猥談《わいだん》に寺内と宇津木は扉の陰に隠れて聞き耳を立てた。こんな面白い話は滅多に聞けないぞ、と寺内はほくそ笑んだ。

「なぜそのようなことになってしまったかというとだな、これは海軍の宿命だ」古瀬が楽しそうに話を続けている。

「海軍の？」勝杜が尋ねた。

「俺たちは一度海に出たら3ヵ月、半年、下手をしたら1年は国に帰れない。カミさんだって生身の人間だ」

「待っててくれないのですか？」

「待たない。『愛する男より身近なお手軽な男』これが生身の人間だからだ」

古瀬は寺内に聞こえるように、一段と大声で言った。扉の陰に隠れて盗み聞きしていた寺内と宇津木は、自分の妻を想い出し泣きそうになっていた。

「今ごろ風祭のカミさん以外にも、あの男の奥さんも、あのお方の奥方も、そしてあの男の新妻も、旦那がいない隙に……。あっ、あっ、あああああ」

古瀬の言葉は芝居がかっていた。

「いったい世の中のカミさんはどうなってしまうのだ。旦那が海に出たのをいいことに、見知らぬ男を家に連れこんでは、あんなことやこんなことを……おおっ、勝杜。アレもやってるな」

「えっ、アレをですか」

「そうだよ、アレだよアレ」

「よしてくれー！」

半狂乱の寺内と宇津木が叫びながら兵員室に飛びこんできた。寺内の目には涙が浮かび、宇津木は鼻水が出ていた。

「そんなこと言うのはよせ。美智代が……俺の美智代がそんなことするわけないだろ。おまえぶち殺すぞ。それとアレとは何だアレって。勝杜、言え！　いや、言うなぁ！　ペラペラペラペラペラと適当なことを……美智代ぉぉぉぉー」

「嘘だ、嘘だと言ってくれートメ子ぉぉー」鼻水の宇津木もつられて吠えた。

聞き慣れない女の名前に古瀬と勝杜、そして寺内までもが「？」となった。

「トメ子？」寺内が聞いた。

「嫁さんだ。20年も連れ添っているのに、そんな、そんな」

「ないない」寺内は、美智代と一緒にするなと言わんばかりに、即座に否定した。「20年って……いくつなんですか？　そんなオバさんを相手にする人なんていないって。問題は俺の美智代なんだよ。俺の美智代は若くてかわいいから、誘惑があるんだよ」

「熟女の魅力だぞ」

「だからないって」

「酸いも甘いも嚙み分ける女だぞ」

「ないない」

「あるなぁ」ベッドから新たな声が参戦し、全員がそちらを見た。大滝だった。

船酔いの大滝を救ったのは古瀬のヘル談だった。大滝はヘル談が大好きなのだ。

「前の部隊にそういう上官と嫁はんがいよった。上官は50歳。嫁はん46歳。予定より2日早く帰国した上官は、愛する嫁を驚かせようと急いで家に帰った。そしたらあんた、46の嫁はん、男を引っ張りこんでるっちゅうやないか」

「うわあ、したらどうなったのですか」勝杜が身を乗り出した。

大滝は少し間をあけてフフと笑い、続けた。

「上官は、逆上して嫁はんと男を――」

「殺したのか！」古瀬と寺内がその答えを急いだ。

「ふたりを認めて自分が身を引きましたとさ。はい、おしまい。ハハハ」

「なんでだよ！　なんで認めちまうんだよ！」

予期しない結末に激昂した宇津木は大滝につかみかかった。

「しゃあないやないかい。男は家にいない。女はひとりぼっち。しゃあないやないかい。どないせえちゅうねん、ええ⁉　どないせえちゅうねん、おっさん！　せやから俺は潜水艦なんぞに乗るのは嫌やったんや。駆逐艦ならまだ、空が見える――」

「空？」勝杜が聞いた。

「空は万国共通や。あいつも見ていると思うと、まだ心が和む……。せやけど、ここは海軍なのに海も空も見えへん。何なんやここは」

大滝は寂しそうに言葉を吐いて兵員室を出ていった。

大滝のその言葉に、男たちは見えない空を求めるように天井を見上げた。

静寂が空間を支配していた。

「俺、帰りたい……このままじゃあ美智代が危険だ……」寺内がボソッと呟いた。

古瀬はそんな寺内を見ながら、笑いをこらえるのに必死だった。偶然の産物ではあったが、宇津木の奥さんの話もよかった。大滝の50歳の上官と46歳の奥さんの話も強烈だった。まさか、ここまでドンピシャにハマってくれるとは想像以上だった。

「寺内中尉」

扉から声がした。顔を覗かせた北がいそいそと寺内の元にやってきて、小声で話しはじめた。

「寺内中尉、グッドな情報です。今夜のメシは好物のハムエッグらしいです」

「日本に帰るぞ」

寺内の言葉に、北は驚いた。

「作戦中止ですか？」

「美智代ぉぉぉー」寺内は叫びながら出ていった。

「トメ子ぉぉぉぉー」宇津木も続いて飛び出す。

何のことやらさっぱりわからず呆然としていた北が、ハッと気づいた。

「暗号ですか？　ミチヨとトメコは何の暗号なんですか？」と古瀬に聞いた。

「俺にはさっぱりわからない。テラに聞いてこい」古瀬は毅然と命令した。

「はい。何の暗号なのですかー！」

北が飛び出すと同時に、古瀬は腹を抱えて大笑いした。

「勝杜。見たか、テラの顔。成功だ、作戦大成功だ」

「作戦？」勝杜はキョトンとして聞き返した。

寺内の弱点は祖国に残してきた新妻の美智代だ。その名前を使って仕返しをしてやろうと話をでっち上げ、寺内を精神的に振り回す作戦だと説明されて状況を把握した勝杜は、その作戦の成果に「すごいです、大成功でした」と興奮気味に笑った。

「宇津木さんと大滝は予定外だったが効果があった。さあ、ココは波状攻撃あるのみだ。一気に畳みかけるぞ。テラにラブレターを出す。恋文作戦だ」

「コイブミ作戦？　それはどういう効果が出るんですか？」

「わからん。だけど楽しそうだ。そうだ、ヨコは字がきれいだったな。あいつに書かせよう。ヨコを探して作戦会議だ」

古瀬はとにかく楽しそうだった。こんなに楽しそうな古瀬を見ることが、勝杜は嬉しかった。

しばらくすると、無人の兵員室に寺内と宇津木が北に背中を押されながら戻ってきた。

「日本に帰るって何を考えてはるんですか！」北ははらわたが煮えくりかえる気持ちだった。

「……だって美智代とトメ子の貞操が——」

「それ暗号ちゃうやんけ！　ヨメはんやん！　女房や！　女房に何があったか知らんが、ワケわからんこと言うとんじゃないわい。海に生きてんなら、こん艦に命を捧げたんなら、こんなかで生きんかい。あんさんらはそれでも大日本帝国海軍の精鋭か‼」

相手が寺内だろうが関係ない。嫁を想い出して里心のついたことがあまりに情けなく、北は吠えた。

「我々の体は君国《くんこく》に捧げた身。現人神《あらひとがみ》たる大元帥陛下、即《すなわ》ち畏れ多くも天皇陛下に捧げた身。その御為《おんため》に、桜花のように潔く散華《さんげ》するのが帝国海軍魂とは違うのですか」

背筋を伸ばして北の言葉を聞いていた寺内と宇津木は自己嫌悪に陥り「……そのとおりだ」と、己の行動を恥じた。

寺内は誰もいなくなった兵員室のベッドに寝転びながら、愛する美智代の写真を眺めていた。美しい顔だった。日に何度も眺めている笑顔の美智代だ。

こういうのを持っているから、里心がついちまうのかな……。

「サラバ美智代」

小さく呟いてズダ袋の中に写真をしまったとき、その中に見慣れない封筒があった。表に「寺内さま」ときれいな文字が記され、差出人は不明だった。誰だろう……？　封を開けて便箋を広げた。

『寺内さま。スキです』

いきなり刺激的な文字が目に飛びこんできて、寺内の胸は高鳴った。

これはまさか……恋文か？　期待して続きを読んだ。

『スキでスキでスキでたまりません。貴方の貴様より』

寺内は少しだけ考えた。貴方の貴様？　きさま？

「オトコかっ」

素《す》っ頓狂《とんきょう》な声を出してベッドから飛び降りると、兵員室を見渡した。誰だ、誰なのだ。こんな気色悪いもん……誰だ。

「いやー暑い暑い。何とかなんないかね、厨房のあの暑さ」

顔と体中から汗が噴き出した渡久保がやってきた。

「汗びっしょりだ。テラ、見てくれよ、この汗。おまえに分けてやる〜」

汗だらけの渡久保が、からかうように寺内に抱きついてきた。

突然の渡久保の抱擁に固まりつつ、寺内は考えた。手紙の主は……おやっさん？

「ひっ」寺内の悲鳴とともに突きとばされた渡久保は、ストンと床に転がってしまった。

「イテテテ、痛てえな、何すんだよ」

「『貴方の貴様』。いいトシして気色わりぃことをすんな！　いいか、今後、俺の3メートル以内に近づくな」

「……何を言ってんだよ、おまえは？」

「近づくなと言ったんだ」

「いや、俺は近づくぜ」

渡久保はニタリと笑い、ゆっくりと寺内との距離を縮めはじめた。渡久保は寺内が苛立っている理由はわからないが、楽しそうにジワジワと近づいた。

「フフフ」

「……来るんじゃねえよ」寺内は震える声で命令した。

そのとき、北が飛びこんできた。

あのときは頭に血がのぼったとはいえ、大好きな寺内に、尊敬する寺内に暴言を吐いた自分を責め、北は泣きそうに訴えた。

「中尉、自分を殴ってください。先ほどは階級をわきまえずに生意気なことを言いました。反省しております。拳でココを、頰をガンと殴ってください」

「あれは俺がひ弱だったのだ。気にするな」そう北に優しく微笑んであげた寺内の背中に、渡久保がひょいと抱きついた。

「はい、寺内君、隙ありー」

気が狂わんばかりの声をあげた寺内は、気色わりぃんだよ変態ジジイ！　と叫び、走り去った。

「……何ですか？」北が渡久保に聞いた。

「うん。俺も全くもってわかってないが、なぜか俺は楽しいぞ。テラッうっちくう〜ん、あ

―そぼ」鬼ごっこのように、渡久保は寺内を追った。

謝罪の機会を失った北は、拍子抜けしたようにベッドに腰を下ろしながら考えた。

ほんまにあの人についてってええんやろか……。なんであの人は下々の連中と遊びたがるんやろ。寺内中尉には出世欲がないんかな、わいだけが言うてるだけなんか？　そう考えるとなんや疲れてきたな……。

突然睡魔が襲ってきた。


北は、憎っくき勝杜の声で目を覚ました。

「大丈夫だって。ヨコの字は線がほせえから女っぽく見えるって」

「いけんですよ、そんなの」

「ヨコ、さらさらっと書いてくれ」

「そんなことしても必ずバレますけ」

寺内をからかうための偽《にせ》の恋文作戦には協力したくないと、横川は頑なに拒んだ。

「愛《いと》しい愛しい貴方さま。私は貴方のことを想うと胸が痛い」

古瀬が艶っぽい声色で突然語りはじめた。勝杜と横川は何ごとかと古瀬を見つめた。

「私は貴方をいつも見つめています。潤んだ瞳、繊細な眉、吸いつきたくなる唇」

古瀬は代筆してほしい偽恋文の文面を即興で考えながら、朗読するように色っぽく言葉をつむいだ。勝杜はうっとりと聞き入り、横川は唇という言葉に胸がときめいた。古瀬の言葉はさらに続いた。

「私は貴方のとりこです、私は貴方の――」

古瀬の言葉が不意に止まった。ベッドの中からこちらを見ていた北と目が合ったのだ。ベッドからむくりと出てきた北が古瀬の前に立ち、ニタリと笑った。勝杜と横川はしまった、よりによって寺内シンパの北にバレるとは……と動揺した。

「へへへ〜恋文でっか〜。古瀬中尉も隅におけんなあ」

「……」

「相手は誰なんですか？　知りたいなー」北は楽しそうに古瀬を見た。

古瀬は思った。こいつ、勘違いをしているんだ。バレてはいない。それならば――。

「みどりちゃんだ」古瀬は北にそう答えた。

その女性の名前に、北はもちろん、勝杜と横川も「えっ」と声を漏らした。

みどりちゃん。その名は、あの村に行き、あの旅館に立ち寄った男たちにとっては憧れの人の名前だった。まさかここでその名前が出てくるとは。皆、動揺を隠せなかった。

「み、み、みどりちゃんって、ミス・グリーンですか？　わ、若宮旅館の、古瀬中尉が宿泊していた旅館のみどりちゃんですか？　その、み、み、みどりちゃんに恋文って……それはないわー。だって古瀬中尉、そんなそぶり一度も見せてなかったやないですか」

　北は激しく動揺した。

「あれ？　北？　おまえ、ミス・グリーンに惚《ほ》れてんのかい？」勝杜が意地悪く聞いた。

「そ、そ、そ、そ、そんなことあるか」

「ハハハ、無理無理、おまえには高嶺の花だ。北ぁーおまえにはお手伝いさんがお似合いだべや。ミス・グリーンといつも一緒にいた眉毛ちゃんにしろ」

「どアホ。なんでわいが眉毛ちゃんなんや」

　眉毛ちゃん。それは渾名だ。旅館のお手伝いをしていた女性で、ボサボサに生え放題の眉毛がつながっていたので、みどりちゃんの清楚《せいそ》さをより一層際立たせてくれる女性でもあった。

　あるとき、北が「眉毛整えたらええんちゃうの」と言ったことがあった。北はよかれと思って言ったのだが、その一言に眉毛ちゃんは猛烈に怒った。「おめえさんには関係ないぞな。余計なこと言うな」

北はその日のことを思い出していた。

アホか、なんでわいが怒られなければならなかったんや……今でもその理由が皆目見当つかん。なんや、無性に腹が立ってきた。

「北、おまえは接吻したことあるんかい？」勝杜がさらに意地悪そうな笑みを浮かべて聞いた。

北が接吻未経験者だということは知っている。乗艦したその夜から下士官をつかまえては「接吻をしたことがあるのか」と聞きまくっていたからだ。勝杜は古瀬が寺内をからかうように、俺は北をからかってやろうと思った。

勝杜はニコリと北を見つめて「接吻。知っているか？　これだわ、これ」と唇を尖《とが》らせた。

「そ、そ、そんなことおまえに言う必要ないやんけ。今の話と関係ないやろが」

「接吻も知らねぇ男は、理想が高くて困るわー」

「ほうー。そんならおまえはしたことあるんかい」

「ああ……あの柔らかい唇。懐かしいなあ」勝杜は目を閉じて思い出すように呟いた。

「あ、あるんかい⁉」

勝杜はうっとりとした目で北を見て、コクンと頷いた。北は愕然《がくぜん》とした。勝杜は接吻経験者なんや……。俺の知らない世界を、こいつは知っている。悔しい……。いや、その前に知りたい。今、勝杜が言った言葉の意味を知りたい。この際、恥も外聞もない。

「柔らかいのか？」北は生唾をのみこんで尋ねた。

「つきたての餅だ」

「も、餅？　やっぱりそうか」

「頬へのチュッ。あれも何とも言えない」古瀬も会話に加わってきた。

北は、目を潤ませ恍惚の表情を浮かべる古瀬を羨望の眼差しで見た。ああ、古瀬中尉も俺の知らない世界を知っているんや……。知りたい、知りたい、頬へのチュッ、何とも言えないとはどういうことなのかを知りたい。

「ど、どんな感じなのですか？」

「勝杜、懐かしいな」

「はい、懐かしいです」

「餅だったな」

「はい、餅でした」

「世の中に、あのような柔らかい餅があるとは驚きだ」

「はい、驚くくらいに柔らかい餅です」

勝杜と古瀬が同時に恍惚の表情を見せたので、北はますます悶々とした。接吻というものはどんだけ柔らかいんや……どんだけのもんなんじゃ……。

勝杜と古瀬の言葉を聞き、その表情をじっと見ていた横川は、小さく生唾をのみこんだ。

「古瀬さん、嗚呼、餅、したいです」

「そうだよな、餅、したいな」

「餅……」

「ペッタン、ペッタン……」

恍惚の表情の勝杜と古瀬が兵員室を出ていった。

取り残された北と横川は、呆然と立ち尽くしながら大きく喉を鳴らした。もっと聞きたかった……横川は思った。北は股間に熱いものを感じていた。ふたりの目が合った。知らず知らず、お互いに唇を尖らせていた自分の姿に気まずくなって、姿勢を正した。

横川は自分の頬をパチンと叩くと、北に一礼をして扉へと向かった。

「横川。おまえはあるのか、接吻」

その言葉を背中で聞いた横川は足を止め、少し間をおいて、かぶりを振った。

「つまりは俺と仲間か……。餅と言うてたな……」

「……はい、餅と言っていました」

「ちょっとやってくれ」北は目を閉じて唇を突き出した。

「……」

「やってくれ」

「いえ、しかし……」横川はためらった。接吻はしてみたい。どうしてもしたい。しかしどう考えてもこれは違う。

「一回でいい」北はやや命令口調で言い、「頼む」と照れながら唇をぐいっと出した。

横川は突き出された北の唇を見て、気持ち悪いと思った。それなのにその数秒後には、無精髭に囲まれた北の唇が、なぜか餅に見えてきた。横川は決心した。

「はい」

北は喜び勇んで、唇をより突き出した。横川と北の心の呟きは同じだった。

餅、餅、餅、餅、餅……。ペッタンペッタン……。餅、餅……。

唇が触れる寸前、横川は我に返った。餅と思っていた北の唇は、やはりゲテモノ以外の何ものでもなかった。

「勘弁してください」と叫んで逃げ出そうとした横川を、北が捕まえた。

「横川、もう少しだ、もう少しの勇気や、一瞬でええんや」

「いけんです、いけんです」

「ちょっとや、チュッて触れてくれるだけでええんや」

「いけんです、北少尉、いけんです」横川は北を突き飛ばし、すんでのところで逃げた。

ひとり残された北は、野獣のように叫んだ。

「モチぃぃぃぃぃぃぃぃぃぃーどんなんやぁぁぁー!!」

一度火がついた接吻への満たされぬ熱い想い。その消し方がわからない北は「どないせぃちゅうねん！　どうしたらええんや！」と、動物園の檻《おり》の中のゴリラのように狭い室内を練り歩き、ベッドの鉄柵に唇をあてては「鉄っ」と怒鳴り、枕に唇をあてては「枕っ」と苛立ち、「餅はどこにあんのじゃあ……」と泣きたくなった。

寺内が息を切らしながら渡久保から逃げてきたのは、そんなときだった。

「何なんだよ、渡久保のおやっさん。寺内君、寺内君って……気色悪いな」

艦内を走り回ってきた寺内の喉はカラカラに渇いていた。犬のように舌を出して、ハアハアと呼吸を整えながら舌で唇を潤しはじめた。北は寺内のその唇を、じーっと見つめ、欲しい、あの唇が欲しい……と願った。抑えきれない欲求が、寺内に向かった。

「て、寺内中尉。実は……何と言いますか、大切なお話と言いますか、機密中の機密と申しますか」

「機密!?」

「はい、機密です」北は勝負に出た。「寺内中尉、お耳拝借。目を閉じて集中してください」

おう、と寺内は北に耳を差し出した。

北はかつてない緊張状態になった。目の前に目を閉じた無防備な顔がある。ついにこのときがきたのだ。相手は男だが贅沢は言っていられない。いやむしろ、最初の接吻の相手が寺内中尉とは光栄なことだ。自分は寺内中尉を愛しているし、信頼もしている。このお方が最初の接吻の相手でよかったのだ。北は古瀬の言っていた言葉を思い出した。

「頬へのチュッ。あれも何とも言えない」

そうや、唇にいく前にまずは頬にチュッとしてみよう。ほっぺたに接吻か……どないやねん、どんな感触やねん、どんな世界が待っているんや。北の呼吸は激しく乱れた。

目を閉じて北からの機密の言葉をじっと待っている寺内は、北の激しい息づかいに緊張していた。それほどまでの機密事項なのか。言葉にするのをためらうほどの機密。それは何なのだろう……。それにしても、いくらなんでも北の呼吸は耳にかかりすぎるな。ン？　頬に不思議な感触があったぞ。濡れた？　何かが触れた？　チュッと音がした？

寺内は北を見た。

「……おまえ、今なんかした？」

「いえ」必死にかぶりを振っている北が「寺内中尉、目を閉じて集中してください」と、命令するように強く言った。

「お、すまんすまん」寺内は北の言いつけどおりに再び目を閉じた。

北は寺内の唇を見つめながら、自分の唇をゆっくり、ゆっくり、ゆっくりと近づけた。

寺内は北の言葉を待ったが、北の鼻息があまりにも顔にかかりすぎるので思わず目を開けた。すると北の顔が目の前にあった。

「えっ」

「あ……」北の顔が火照《ほて》っていた。

寺内は北の不審な行動に、はっと気づいた。こいつ今、俺に接吻しようとしていたのか？まさか、さっきの頬が濡れた感触は……。寺内はポケットに押しこんでいた恋文をそっと取り出して見つめた。こいつだったのか……この手紙、北だったのか……。寺内は悲しくなった。

「それはねぇ〜よ、北」寺内は嘆いた。

「すみません、出来心です。許してください」

「いつからだ、いつからそんな男になっちまったんだよ」

「いつからというか、まあ男やったら誰でも……」

「そんなことはない。男だったら女。オトコダメ、接吻はオンナ、絶対ダメ」

「はい、おっしゃるとおりです、わかっています、頭ではわかっているのですがどうしようもないんです、この気持ち。寺内中尉ぃーお願いします。自分をオトコにしてください。軽くでいいんです。つきたての餅をください」

北は目を閉じて唇を尖らせると両足をもじもじとさせた。

「餅？　何を言ってんだよ……。どうしちまったんだよ、おまえは」

「寺内中尉。いい加減に勇気を出してください！」北は苛立ちすぎて、おかしなことを言いだした。

「……え。俺の問題なの？」

「早く」北は唇を突き出したまま焦《じ》れた。

兵員室の扉の前で、大滝は呆れながらその光景を見ていた。

先ほど、祖国に残してきた女への想いを口にしたまま姿を消した大滝だったが、艦内のどこにも自分の居場所が見つからずに、仕方なく戻ってきた。すると兵員室では寺内に唇を差し出して焦れている北がいた。いったいここは何なんだ？

「何してんねん？」

大滝は乾いた声で北に言った。

「あっ……」

北は動揺した。あかん、狂犬の大滝に見られた。狂犬に殴られる。大滝は北の前に立った。

「貴様は男と接吻をしたいのか」

「そ、そんなことはない」北はしどろもどろになりながら、必死に否定した。

「しゃあないやっちゃな、ほら」

大滝は北に接吻をした。長い長い接吻だった。驚いた北は一瞬目を見開き、全身がゆっくりと脱力していった。その光景に寺内は腰を抜かすほど驚いた。男にこんなことをするとは……そうか、大滝なのか……大滝が手紙の主だったのか？　いや、渡久保の可能性も残っている。やっぱり北かもしれない。何なんだ、この艦は……。おかしいぞ、どうかしているぞ。

「あー疲れた疲れた」

北との長い長い接吻を終えた大滝は、ひと仕事を終えたように伸びをして寺内を見た。

寺内は手紙をかざしながらおそるおそる聞いた。

「……君だったの？　手紙」

「手紙？」と、大滝はゆっくりと寺内に歩み寄ってきた。

俺も大滝に接吻されるのか……。寺内が後ずさりをすると「アア……ン」と、気色悪い声が聞こえた。初めての接吻に瞳が潤んでいる、恍惚の表情の北が目に映った。

そこに汗だくの渡久保が走りこんできて寺内を見て微笑んだ。

「テラッうちく〜ん見〜っけ」

「！」

寺内は自分を囲むように立っている目が潤んだ北、狂犬のような大滝、そして汗だくの渡久保の3人を見た。最悪を絵にしたような状態に絶望した寺内は叫んだ。

「日本に帰してくれえええええー」

7章　特殊潜航艇

潜水艦の中がもっとも緊張状態に陥るのは、戦闘状態になったときである。そのときに備えて、乗組員は日々の訓練を繰り返す。だが出港してしばらく経過するとこれらの訓練にも馴れが生じ、緊張感が薄れることの危険性を知る艦長は、突発的な訓練を乗組員に課した。想定外の時間に警報を鳴らし「合戦準備、合戦準備」と号令をかける。三交代制が敷かれていたので、起きている者はそのまま所定の位置で戦闘態勢に備えられるが、就寝中の乗組員は非常事態の警報と艦長の号令でベッドから飛び降り、一目不散、それぞれの持ち場へと走る。騒然となる艦内から「第一区よし！」「第二区よし！」と張り裂くような声が次々と響く。すべての乗組員が持ち場についたとの報告を受けた艦長はストップウォッチを押し、よし、前回より時間短縮したと微笑んだところで「訓練終了」を伝える。

その言葉を聞いて、乗組員は安堵する。訓練だったのか、よかった……。

勝杜は安堵しながら、心の中でついてないな、と思った。この日を含めて、緊急訓練は2

日間連続で勝杜の睡眠時間を奪った。潜水艦の中では寝ることも大切な仕事のひとつである。艦内の酸素を無駄遣いするな、ということで作業以外の乗組員は無理にでも寝なければならないのだが、勝杜はその睡眠時間に連続で叩き起こされた。ベッドで再び眠ろうと思ったが、訓練で興奮し、目がさえてしまって眠れない。

手帳を取り出し、日記を書きはじめた。

『太平洋の真ん中に一葉の木の葉の如く本艦は丈余《じようよ》の波濤《はとう》に遠慮なく艦は動揺せしめ艦と波の戦いである。寝台からは転げ落ち、食卓食器は散乱して始末にひと苦労。艦は相変わらず前進強速。怒濤《どとう》をかわして依然として進路は米国亜細亜侵略拠点、ハワイ真珠湾へ。米国前進根拠地たるウエキ島より航空圏内に入るため、今日からいよいよ長時間潜航隠密中となる。故国よりのラジオニュースを聞くのが何よりの楽しみだ。依然として日米悪化を伝える。我々は遠洋作戦を兼ねての戦技だ。縦横に今まで不眠不休で鍛えた技術を発揮する日が目前に迫ってきたのである。それにしても暑い。涼しい空気が欲しい。電気の中だけの生活は時々息が苦しくなる。その上臭い。暑くて臭い。いや臭くて暑い。どっちが先でもいい話だがとにかく暑い』

背後に気配を感じて振り返ると、古瀬が立っていた。

「暑いのに暑い暑いって書くなよ。読んでいる俺も暑くなる」

古瀬は勝杜の日記を盗み見しながら溜め息をついた。

「したら見なきゃいいじゃないですか……」

勝杜は手帳を胸ポケットにしまいながらグチった。古瀬は腰にぶら下げていた日本手ぬぐいで額から流れる汗を拭きながら、息苦しそうに呟いた。

「そろそろ敵の領海に入るんだな……」

「今日明日が正念場だな」

褌《ふんどし》一枚でベッドに寝ていた宇津木が言葉を挟んだ。宇津木のベッドの下には村松がいた。汗だくの村松だが、ほかの乗組員のように裸になることはなかった。それは大尉という肩書の威厳を保つためではなく、ほかの乗組員のように鍛えられた筋肉をまとっていない自分の貧弱な体をさらしたくないという気持ちと、緊急の戦闘訓練で精神が参っているためだ。村松の体には徐々に恐怖が忍び寄っていた。戦闘状態となり、万が一この潜水艦が沈められることになった場合、真っ裸で海に浮かびたくない。せめて軍服姿で死にたい。

村松は天井を見つめながら、震える声で強がった。

「ここを通過すれば、敵陣の海域に潜入成功ってわけですね」

村松の言葉に勝杜も天井を見つめた。そうだ、ここを通過したらついにアメリカの領域なのだ。頼む、見つからないでくれ……このまま無事にハワイ真珠湾まで連れていってくれ。

「耐えられねえなあ、この暑さと臭さ。便所が流せないのはつれえな」と、扇子であおぎながら厨房から戻ってきた渡久保が言った。

「捨てた後にプカプカと浮かんだらこっちの場所がバレるしな」宇津木が呼応した。

村松は驚いた。うんこでバレるのか？

「おやっさん、ケーキはどうですか？　順調ですか？」

「ケーキって何？」宇津木が不思議そうに聞いてきたので勝杜が答えた。

「アメリカのお菓子です。なまら甘いお菓子です。ヨコの誕生日に古瀬さんが出してあげたいって。潜水艦の中でケーキが出てきたらヨコ、驚くだろって、ハハハ」

その会話を聞いていた村松の頭の中はうんこからケーキに変わり、ケーキが食べられるのかと生唾をのんだ。

「おやっさん、わかってますよね。明日なんですよ、ヨコの誕生日」勝杜が念を押した。

「おう、まあまあバッチリだ。そんじゃあ続きでも作ってくるか。あれは仕上げが面倒なんだよ、みたらし団子みてえに串を刺さなきゃいけねえし。あー面倒だ面倒だ、ハハハ」

自信たっぷりな渡久保が兵員室を出ていくと、村松が吐きすてるように言った。

「あの男、ケーキのケの字も知りませんよ」

そのころ、機械室では寺内が、先日の手紙「貴方の貴様」の文字を見つめていた。何度見ても気分が悪くなる文面だ。この手紙を持ち歩いていること自体、いい気がしない。一刻も早く、この男を見つけて殴りたい。北ではなく、渡久保、大滝でもなかった。誰なのだ、この手紙を書いた野郎は……。

「寺内中尉、ここでしたか」寺内を捜していた北が顔を出した。

「おう、どうした」

「特殊潜航艇のことです」北が声を潜めた。

「特殊潜航艇？」初めて耳にした言葉だった。

「ちっちゃい潜水艦の名称です」北は天井を指しながら言った。「先ほど艦長室に書類を届けに行ったときに、艦長と副艦長がこの言葉を口にしていました。恐らくこれが正式名称なのだと思われ、この北、頭にしかと記憶させました。問題はここからです。乗組員はやはり横川が本命のようです。艦長と副艦長が特殊潜航艇の話をしているときに『横川』と。この北、しかと聞いてしまいました」

「ハハ、おまえの聞き間違えだ。寺内と言っていただろ」

「寺内中尉。『テラウチ』と『ヨコカワ』。どない頑張っても一文字も合いません」

「……」

「この北、思うのですが、古瀬中尉が推薦したのではないでしょうか。古瀬中尉は自分の部下に手柄を立てさせることで、昇進を考えていると思うのです。最大のライバル、寺内中尉に差をつけるためにあっちはあっちで画策しているかと」

寺内は考えた。まさか古瀬がそんなことを？　いや、アメリカとの戦争では誰もが手柄を立てたいし、昇進を狙うなら最大のチャンスだ。やりかねん……。

「……古瀬の奴、姑息《こそく》なことを」寺内は奥歯を嚙んだ。

「そこでこの北、考えました」北はニヤリと笑った。「古瀬中尉に勝つためには、寺内中尉を支持する組織固めが必要だと思います。つまりは、寺内中尉に忠誠を誓いたいという新しい仲間を取りこむのです。お任せください。この北が、今日の段階で3人ばかり集めておきました。おう、入ってこんかい」

北が扉の外に待機させていた男たちに声をかけると、二本柳、永井、大滝が入ってきた。

「この間はすまんかったの。実はな、おまえが思っている潜水艦の不満、寺内中尉も同じことを考えとる。寺内中尉と手を組んで潜水艦の中にはびこっているあしき習慣とやらを変えようや」そう北に口説かれて、二本柳はこの場にやってきた。

永井は便所を待っていたときに、後ろに並んだ北に「順番を替わってくれ」と懇願されたが「無理であります、自分も限界であります、漏れます」と拒んだところ、「せや、おまえ寺内中尉の一派に入れ。寺内中尉に忠誠を立てればひとつだけ願いを叶えたる」と囁かれてこの場にいる。

大滝は、北と永井がそんな話をしているときに便所から出てきて「おもろい話やんけ。俺も誘え」と潜水艦生活に刺激を求めてやってきた。

北は質より量を求めて、この3人を連れてきたのだ。

「寺内中尉。この3人が寺内中尉に忠誠を誓いたい連中です」北は寺内の耳元でそっと囁いた。

「おいおい、俺、人気あるじゃねえか」

「大変な人気であります」

北は嬉しそうに微笑むと「おう貴様ら、挨拶したらんかい。貴様からだ」と、永井を指した。

「永井二等兵曹であります」緊張した永井が声を張りあげた。「自分は潜水艦で魚雷発射係を志願しました。でも今はメシ炊き係です。寺内中尉に従えば魚雷係にしてくれると言われたのでついてきました。誤解のないように言っておきますが、一番好きな上官は古瀬中尉であります」

「よーし」二本柳が叫んだ。

「いや『よーし』じゃないだろ。古瀬を一番好きって言ってたぞ」と、寺内は焦ったが、それに構わず二本柳が自己紹介を始めた。

「二本柳一等兵曹です。鉄拳制裁反対。趣味は五目並べであります。寺内中尉は五目並べお強いですか？」

「五目並べ？　ウーン普通かな。へへ」

「よーし、二本柳一等兵曹の勝ち」永井が叫んだ。

寺内は心の中で呟いた。俺、負けたのかよ？

「少尉の大滝だ。俺は群れるのは好きやない。潜水艦はヌルイ連中ばかりで、見ているだけで吐き気がする」狂犬の大滝は室内の男たちを一瞥して床に唾を吐いた。「そこでや、群れをつくるちゅうあんたにひとこと言いにきた。俺は陸戦隊を経験しとる。あそここそ本物の軍隊や。島に上陸し、陸軍と合流する。俺らが敵陣目がけて突っこむ。仲間が撃たれる、俺はそいつを跨《また》いで突進する。奴が生きてるか死んでいるかなんて、どうでもええ。自分が生き残ること、自分が敵陣をブン取ることしか考えへん、それが俺の生き方だ」

「北、駄目だよこいつは。一匹狼だ」寺内は嘆いた。

「そんな俺やけど、よろしゅうな」

「群れに入るのか」寺内は驚いて大滝を見た。

「何なら俺がまとめたろうか。よーし、決定や。これからは俺中心でいくぞ」

「はい！」

あの「しゃもじ君」の一件以来、大滝をもっとも恐れている永井は思わず返事をしてしまった。

「ちょっと待ってください。ここはこのようなめちゃくちゃな集まりなのですか？」

二本柳が目を吊りあげて寺内を見た。

「そうそう、ここは俺の集まりだ。大滝、勘違いをするな――」

「大滝少尉が立候補するのなら、自分も立候補します」

「……え？」二本柳の突然の立候補に、寺内は固まった。

「寺内中尉は自分と大滝少尉、どっちにつくのですか？」二本柳が迫った。

「……」

「どっちなのですか。決めてください」

「なあ……。俺につくんじゃなくて、俺がおまえらのどちらかにつくの？」

寺内はゆっくりと北を見た。北は寺内と目を合わせることができずに小さくなっていた。

「……すんまへん」

通路を歩きながら寺内は考えていた。

寺内派を立ち上げる計画は、あえなく失敗に終わった。俺は部下に恵まれてないな。いや北は俺のことを想い、善《よ》かれと思って行動を起こしてくれているのだ。少々トンマなところもあるが、あいつはいい奴だ。いい部下だ。北のことを嫌うのはよそう。

そんなことを考えながら、兵員室の近くまで戻ってきた。すると中から勝杜と宇津木の笑い声が聞こえてきた。

「だからー古瀬さんが言った伊22号の風祭のカミさんの浮気の話は、作り話なんですってばーハハハ。あれは古瀬さんがテラさんをハめようとしただけの話だったんです。それを宇津木さんが一緒になってトメ子ぉーって。したけど宇津木さんのあのとっちらかりぶりのおかげで、結果的にはテラさんをハめることができたって古瀬さんが言ってましたよ」

「なんだよ、そういうことだったのか。ハハハ」宇津木は安堵して大笑いした。

「だからヨコ、次なる攻撃の『恋文作戦』。サラサラって書いてくれって」

ベッドを掃除している横川に勝杜は言った。

「いけんですって、そげなこと」そう言って兵員室を出ていこうとした横川だったが、扉の前に立っている寺内に気づいて固まった。

「あっ……」横川が漏らした声で宇津木と勝杜は寺内の存在に気づき、息をのんだ。

「貴様たちはちと悪ふざけしすぎてんじゃねえのか」

寺内は自分をネタにバカ笑いをしていた勝杜、宇津木、横川の顔を睨みつけながら、ゆっくりと兵員室に入ってきた。そして横川の顔を見たとき、北が言った言葉を思い出した。

「やはり横川が本命みたいです」

寺内の感情は急激に苛立ち、横川の胸ぐらをつかんだ。

「横川、このやろ。どういうことだ、え？　どういうことだ」

「申し訳ありませんでした。すみませんでした」寺内の怒りが悪戯に対してだと思っている横川は、古瀬に代わって謝罪の言葉を張りあげた。

「このやろ、このやろ」寺内は横川の胸ぐらを、これでもかと絞めあげた。

勝杜は横川を助けたかったが、自分も悪戯に一枚嚙んでいる負い目から、また上官である寺内に意見を言うこともできず、おとなしく見ているしかなかった。

「テラ、何をやっているんだ」兵員室に戻ってきた古瀬が、慌てて止めに入った。

寺内の怒りの矛先は古瀬に向かった。古瀬の胸ぐらに手をかけた。

「古瀬、おめえは相当のタヌキだな。特殊潜航艇に乗るのは横川なんだってな」

「特殊潜航艇？」寺内の意外な言葉に、勝杜が思わず聞き返した。

「古瀬。そんなに手柄が欲しいのか？　横川はおまえの子飼いだ。その子飼いが名誉の一発を撃つんだ。そしたらおめえは悠々と出世だ。そんなに俺が邪魔か？　ええ、裏で糸引いてニヤついてんじゃねえよ、大体貴様はだな――」

寺内は古瀬がむせるほど胸ぐらを絞めあげた。

「違います。自分が志願したのであります」横川が叫んだ。

寺内は横川に視線を移した。

「志願だと？」

「古瀬中尉は関係ありません。自分が志願したのであります」

「なんで一兵卒のおめえが志願するんだ。名誉の一発だぞ。俺だろ。中尉の俺の仕事だろうが。海軍兵学校、砲術学校、水雷学校、霞ヶ浦練習航空隊に行った俺ではなく、おまえだというのか」

「自分の仕事であります」横川は真っすぐな視線を寺内に向け、はっきりと言った。

「特殊潜航艇に乗り、攻撃一番手、名誉の一撃をくらわすのは自分の仕事であります。寺内中尉には無理であります」

無理……。寺内にとって屈辱的な言葉だった。

「てめえ」

横川を殴ろうと拳を振り上げた刹那《せつな》、人影が割って入り、横川の頬に拳を振り下ろした。古瀬だった。

「横川、自惚《うぬぼ》れるのもいい加減にしろ」

古瀬の一撃で床に転がった横川が、何をするのですか、と驚いた目で古瀬を見た。古瀬は横川に跨がると、低く吠えた。

「下士官が中尉に向かってなんて口を叩いているんだ」

古瀬の目には怒りが充満していた。横川はそれに気圧《けお》され、謝罪の言葉を口にした。

「……すみませんでした」

「横川、俺と替われ。最初の一撃は俺だ。替われ」寺内は倒れている横川にスッと手を差し出した。

「嫌です」横川は立ち上がると、寺内を凝視して強く言い放った。暴言を吐いたことは申し訳ないと思う。しかし、この任務だけは誰にも譲れない。

「命令だ」

「諦めてください」

「おまえはいつから俺に命令するようになったんだ！」寺内は怒鳴った。

「寺内中尉は艦長よりお偉いのですか」

横川は寺内を見据えた。その目は下士官の目ではなかった。

「失礼します」

横川は一礼して兵員室を出ていった。

事態を見守っていた宇津木が「ヨコ」と後を追った。古瀬もふたりの後を追う。

寺内は体を震わせながら、どこにもぶつけようのない怒りの声を発した。

「フザケんじゃねえよ」

勝杜は信じられない気持ちでしばし呆然と佇み、何かに突き動かされるようにポケットから手帳を取り出し、一文を殴り書いた。

『特殊潜航艇乗組員、横川と判明す』

8章　ミス・グリーン

四国の北西部から西の豊後《ぶんご》水道に向けて細長く延びた佐田《さだ》岬の中央部、瀬戸内海伊予灘に面するところに小さな漁港を持つ三机《みつくえ》村がある。ここの湾内に団平船《だんべいぶね》とクレーン船が突然現れて錨《いかり》を下ろしたのは、昭和16年の春だった。村民たちは岸から海を眺めながら、ほう、こん村で海軍さんたちが訓練を始めよった、と楽しそうに笑い合った。兵員たちの訓練は港外で行われ、食事や睡眠などの生活も港外に停泊する曳船《ひきふね》の中だったので、何が行われているのかは村の人々が知るよしもなかった。海軍の訓練員や整備作業員たちは夜になると汚れた作業服のまま三机村に上陸し、公衆浴場で風呂に浸かり、そして曳船に戻っていくという毎日であった。

繰り返される同じような生活に次第に変化が見られるようになったのは、訓練が始まって1ヵ月がたとうとしていたころだった。公衆浴場で毎日のように出会う村民と挨拶を交わし、世間話を始めたのだが、三机村の村民たちは誰ひとりとして兵員たちに訓練内容を聞いてこない。これが海軍内で噂となり、この村の人たちは信じられるのではないか、軍の情報をよそに吹聴することはないだろうという空気が生まれた。入浴以外の食事と睡眠は曳船で、という規則が、旅館でも食事と睡眠が可能となり、朝方までに曳船に戻れば宿泊してもよし、となった。旅館は2つ用意され、士官は若宮旅館、下士官以下は松木旅館と決まった。

勝杜がこの村にやってきたのは、古瀬からの手紙があったからだった。

『横川が片想いをしているらしい。見学がてら遊びに来い』

2泊3日の休暇を取りその地に行くと、寺内や北も古瀬からの手紙で訪れていて、その再会は思い出深く、忘れられないほどの夢のような3日間となった。

古瀬の常宿となっている若宮旅館に宿泊をした勝杜たちは、みんなから「ミス・グリーン」と憧れられているこの旅館の娘、みどりちゃんを見て興奮した。小さな漁村にこんな美人がいること自体、まるで奇跡だと言い合った。

宿泊2日目の出来事だった。

「まずいです……自分まずいです。どうしたらいいだべか、教えてください」

勝杜は寺内、古瀬、北、横川が集まっていた古瀬の部屋に飛び込み、そう訴えた。

「どうしたんだ？」寺内が聞いた。

「俺、見てしまいました……ミス・グリーンの裸を」

ミス・グリーンの名前だけでもドキンとしてしまう連中が、ミス・グリーンの「裸」という言葉に一斉に声を揃えて叫んだ。

なんだとぉぉぉぉぉぉ!!

興奮と怒りと羨望と悔恨が入り混じってぐちゃぐちゃになった男たちが「ど、ど、ど、どういうことだ、詳しく言え」と、勝杜に激しく迫った。

「自分、風呂からあがって夕涼みをしていたんです。そのとき、下半身がスースーするなーと感じて、ハッとなったんであります。褌を風呂場に忘れていることに気づいて慌てて風呂場に戻って扉を開けたら、嗚呼……すんません、本当にすんません」

「おったんか、ミス・グリーンが⁉　貴様はわしの心のマドンナになったミス・グリーンの裸を見たんか」北は勝杜の首を絞めながら気も狂わんばかりに叫び、横川は頭を抱えて「嗚呼」と嘆いた。

「大きかったのか、おっぱいは？」

寺内が核心を突く質問をした。

「……」

「大きかったのか、と聞いているんだ」

「あ……見たのは背中でして、前のほうは全く見ておりません」

勝杜の言葉に男たちはホッと胸を撫《な》でおろした。みどりちゃんのおっぱいは見られていない、見られていないのだ。

「尻は？　背中ということはミス・グリーンのお尻を見たということなんだな」

いったん安堵した男たちだったが、再び鬼気迫る表情で勝杜を一斉に睨んだ。

「いえ、こうやってモンペに手をかけていたときだったので、尻は出していませんでした」

「モンペ？　ミス・グリーン、今日はモンペだったのか？」寺内が聞いた。

「はい、モンペでした」

「着物じゃなくモンペだったのだな。さすがだ、流行に敏感だなぁミス・グリーンは」

寺内は感心した。

「そんな話とちゃう。勝杜、貴様はわしの憧れのマドンナ、ミス・グリーンの背中を見たんやな。わしは許さん、怒りの拳をくらわせたる！」

「俺もだ」「俺も」「自分もいかせてください」北に続いて寺内と古瀬、それに横川までもが勝杜に鉄拳制裁しようとしたそのとき、襖《ふすま》の向こうから女の不気味な笑い声が聞こえた。

「フフフ」

男たちが振り返ると、眉毛がつながっている女性——眉毛ちゃんが現れた。

ってていった。

「フフフ。勝杜のス・ケ・ベ。フフフ。ちょんと、はんずかしかったぞなもし」

眉毛ちゃんは勝杜の褌を恥ずかしそうに渡すと「フフフ、フフフフフ」と、照れながら去っていった。

絶句している男たちに、勝杜は「へへへ」と笑った。

「間違ったみてぇです。眉毛ちゃんの背中でした、へへへ」

「おまえ、アホやろ。ミス・グリーンと眉毛ば間違えるな！　天と地じゃ。桜と土じゃ。土といえばミミズじゃ。つまりは蝶とミミズじゃ。背中見てわからんのかボケ」

北が勝杜の頭をバシッと叩いた。

その夜、褌と眉毛ちゃんの話を肴《さかな》に、勝杜たちは酒を酌み交わしおおいに盛り上がった。

横川が「それにしてもよかったです、ミス・グリーンの純潔は保たれましたけ」と、嬉しそうに何度も言って笑った。

勝杜は兵員室のベッドの中で、あの日の横川の笑顔を思い出していた。

勝杜のなかの横川という男は、朴訥《ぼくとつ》で、正直で、士官を敬い、礼儀を重んじる男だ。

だが、その横川が寺内に噛みついた。

「寺内中尉は艦長よりお偉いのですか」

自分の知らない横川を垣間《かいま》見たことは衝撃的であった。そして横川が特殊潜航艇に乗るということも……。しばらくすると、睡魔が襲ってきた。連日の戦闘訓練による睡眠不足もあり、勝杜は瞬く間に眠りについた。


勝杜は変な夢を見た。

先ほどまで思い出していた若宮旅館で、横川がみんなから祝福される夢だ。

古瀬の部屋でみんなで酒盛りをしていると、一升瓶を抱えた宇津木が「陣中見舞いだ」とやってくるなり、ここの旅館の娘さんはいい、かわいい娘さんだと話しはじめたので「ハハハ、宇津木さんまでミス・グリーンにハマったぜ」と寺内が笑い、「さすがミス・グリーンや」と北が自慢顔をし、横川が「みんなの憧れなんです。みどりちゃんがおるけ、訓練を頑張れるんです」と嬉しそうに言った。男たちがミス・グリーンの話に花を咲かせていると、襖の向こうから「フフフフフフ」と女の笑い声が聞こえ、眉毛ちゃんが麦茶を持ってやってきた。

「新しい兵隊さんじゃにゅー。お茶、置いていくけん。ごゆっくり、フフフ」眉毛ちゃんは宇津木に色目を使い、出ていった。

宇津木は目尻を下げて「かわいいな、いい娘さんだな」と照れた。

眉毛の話か！　と寺内は憤慨した。

「惚れた、俺は惚れたあー。あの娘さんはいい娘だ、ヨコ、おまえもそう思うだろ」宇津木は横川に同意を求め、横川が愛想笑いを浮かべて、はい、そうですねと曖昧に答えると、そこに眉毛がつながっている猟師姿の大滝が現れて「そうかね、気に入りましたけんか？　はじめまして、眉毛のオヤジの眉毛父ぞなもし。そんなに気に入ってくれたのじゃったらいかがじゃね、結婚してやってくれませんか？」と言った。

「結婚？」横川が素っ頓狂な声を出した。

「これ死んだ鳩やけど、お祝いぞなもし」眉毛父は、懐にしまっていた鳩を差し出した。

「死んだ鳩などいりません。結婚もしません」横川は必死に拒んだ。

「いやあそこを是非、頼みますよ。あ、わしは寺内ではありゃせんよ。眉毛長男ぞなもし」

今度は、眉毛が太くつながった眉毛長男の寺内が現れ、「眉毛次男ぞなもし」ゲジゲジ眉毛の古瀬が現れ、「眉毛末っ子ぞなもし」「眉毛はとこぞなもし」眉毛がつながった勝杜と、垂れ下がったゲジゲジ眉毛の北がやってきて、横川に眉毛ちゃんとの結婚を迫った。

「兵隊さん、実は妹は貴方に惚れとるけん」「そう、惚れとるけん」「かわいい妹なので、かわいがってくれ」「さあ結婚だ、結婚の準備ぞなもし」等々、結婚話がトントン拍子に進み、眉毛一族は結婚式の準備を始めた。部屋の隅には割烹着《かっぽうぎ》姿の眉毛母・渡久保と、照れ笑いの眉毛ちゃんがいた。

「よかったぞなもし、娘」

「うん、オラ幸せになるぞ」眉毛ちゃんはニターッと笑った。

「宇津木さん、逃げましょう」

とんでもない状況に、横川は宇津木を伴って逃げだそうとしたが、宇津木は「いや、眉毛一族には勝てない。ヨコ、おまえは眉毛ちゃんと所帯を持て。ま、考えれば俺には愛するトメ子がいたんだ、ハハハ。ヨコ、頑張れよ」そう言って横川の肩をポンと叩いた。

「肩ポンって……困ります、そげなの困ります！　実は自分はミス・グリーンが、みどりちゃんが好きでして、そりゃあ片想いなんですけど、でもこの気持ちは大切にしたいんです」

「高砂やあ〜」

横川の切実な訴えをかき消すように宴《うたげ》が始まった。

高砂節に合わせ、眉毛一族は横川と眉毛ちゃんを取り囲み、狐の嫁入りの舞を始めながら歩きだした。旅館の廊下、玄関、外には、海軍関係者と三机村の村民たちがお祝いに集まっていた。バンザーイ、バンザーイの祝福。沿道には古瀬、寺内、北、渡久保、宇津木、大滝、勝杜がいた。横川は、えっ……となった。では眉毛一族は誰なのだ？　次に横川は沿道にミス・グリーンの姿を見つけた。ミス・グリーンは横川と眉毛ちゃんを祝福するように、嬉しそうに拍手を送った。

「横川さん、幸せになってくださいね」

勝杜は万歳三唱をしながら、ハルちゃんの笑顔を思い出していた。

元気にしているのだろうか。相変わらず、酒屋でうつむきながら本を読んでいるのかな？　会いたいな、話をしたい、笑い合いたい、手をつなぎたい、所帯を持ちたい。新郎の横川と幸せそうな新婦・眉毛ちゃんの笑顔を見つめながら、ハルちゃんのことを想っていると、人ごみの中で勝杜に向かって手を振っているハルちゃんを見つけた。

「どうしたのですか」

「会いにきました」

勝杜は嬉しくなった。

「勝杜さーん」横川の声が聞こえた。

振り向くと、眉毛一族に担がれながら山への道をのぼっていく横川が見えた。横川の瞳には涙がにじんでいた。その涙を嬉し涙と思った勝杜が、ハルちゃんに言った。

「あいつはヨコといって、これから幸せになるのです」

勝杜は千切れんばかりに両手を振った。

「幸せになれよ、ヨコー」

そう叫んだ勝杜だったが、不意にヨコが自分の知らない世界に行ってしまうという得体の知れない不安感に襲われた。

ちょっと待て、ヨコ。行くな、ヨコ。

勝杜は狂ったように叫びだした。

ヨコおぉぉぉ！　ヨコおぉぉぉ！

9章　負けず嫌い

「ヨコ……ヨコ……」

寝言でうなされていた勝杜を起こしたのは、作業から戻りベッドに入ろうとしていた横川だった。

「勝杜さん、勝杜さん」

横川の呼びかけに、勝杜は「ンンン」と目を覚ました。夢、だったのか……。

「今、俺の夢を見ていましたよね。どげな夢ですか？　教えてください」

それを聞いて、渡久保が不機嫌そうに身を起こした。

「うるせえな、眠れねえだろ」

「うおっ眉毛母だっ！」勝杜が思わず叫んだ。

「……眉毛母？　何だよ、それ？」

勝杜の夢の話に、横川と渡久保はほかの乗組員の睡眠の邪魔にならないよう、笑いをこらえながら、低く小さく笑った。

「夢といえばよ、俺の夢は最悪だし」渡久保は吐き出すように呟いた。

「この艦の男たちが日替わりで出てきては俺に迫ってくる。一番ムカつくのが部下の永井だ、しゃもじ君だ。たまんねえぞ、あの夢」

勝杜と横川はその姿を想像してケタケタと笑い合った。

「俺の本当の夢は、食堂のおやじだ」

渡久保は照れくさそうに笑いながらズボンのポケットからしわくちゃになった煙草を取り出すと、マッチを擦って吸いはじめた。煙草盆以外での喫煙は貴重な酸素が汚れるため禁止なのだが、渡久保はときどきこういうことをやった。この男はわがままなのだ。勝杜と横川は、渡久保が吐き出す煙を作業帽と手で振り払いながら渡久保の話を聞いた。

「陸《おか》に上がったらよ、ちっちゃくっていいんだよ。みんながうめえうめえって言ってくれて、そんで俺は、そうか、そんじゃあコレも食え、なんつってよ、そういう店をやりてえんだよ」

「おやっさんらしいです」横川は優しく合いの手を入れた。

「ヨコ、おまえの夢は何よ？」渡久保が聞いた。

突然の質問に横川は戸惑っていたが、笑ってこう答えた。

「自転車です。青空の下を走りたいです」

勝杜も初めて聞いた横川の夢だった。

「そんなのはいつでも乗れんだろうが。夢だよ夢。もっとでっかいヤツだ。大尉になるとか、艦長になって自分の艦を持つとか、そういう夢はねえのか」

「そがんなこと考えたこともありません」

横川は笑いながらもう一度言った。

「自転車に乗りたいです」

「渡久保主計兵曹長。そろそろお時間です」

褌と前掛け姿の永井二等兵曹が、兵員室の扉のところに立っていた。

永井の登場にケーキが出来上がったことを察した渡久保は、勝杜に「できたぜ」と囁いた。

「できたんですか」

「ああ、あとは頼んだぜ。そんじゃあ、ちょっくら行ってくるわ」

作業靴に足をつっこんだ渡久保は、勝杜にウインクして楽しそうに出ていった。

その様子を横川は怪訝な表情で見ていた。

「ヨコ、散歩に行くべ。歩かないと体がなまるしな」

「何を企んでいるのですか」と、横川は勝杜に小声で聞いた。

「別に」勝杜は恍けて、永井と微笑み合った。

「横川。何だよ自転車って？」

穏やかだった室内の空気が一変した。声の先を振り向くと、不機嫌な顔をした寺内がベッドから起きあがった。

「ちいせえ夢」寺内は横川を睨みながら毒づいた。

「はい。しかし、それが自分の夢でして――」

「そんなクソみたいなことを言ってる奴が、なんででっかい仕事を授かるんだ？　どうなっているんだ、海軍という組織は？　ン、そう思わないか？」

凍りついたような静寂が兵員室を包んだ。

「横川、自転車を買ってやるよ」

「え……」

寺内が横川の肩に手を回して低く囁いた。

「日本に戻ったら、ピッカピカのを買ってやる。だから俺と替われ」

「失礼します」横川は寺内の手を振りほどいて出ていった。

「ヨコ……」勝杜が横川の後を追った。

「あの野郎」寺内は悔しそうに呟いた。

そんな寺内を見つめていた永井が、思わず口走った。

「応援をしています」永井の顔は明らかに高揚していた。「自分は寺内中尉を応援いたします。頑張ってください」

「永井……」寺内は嬉しくなった。永井の肩をパチンと叩き「ありがとうな」と笑顔を見せ、握手を求めた。

「自分は本当に本当に応援をしております」永井が寺内の手を強く握り返した。

寺内は永井の握力は強いな、と感じながら、おう、わかったと再び笑顔を見せて永井の手を振りほどこうとした。しかし、永井はなかなか離さなかった。永井は顔を赤らめ、寺内の顔を正視するとすぐさまうつむき、恥ずかしそうに言った。

「手紙、読んでくれました？」

「……？」

寺内は一瞬、何のことかわからなかった。手紙……？　何を言っているのだ、こいつは？

永井を見た寺内は、はっとなった。照れている？　どうしてこいつは赤ら顔なのだ。それに目が潤んでいる……。ン、火照っているのか？　寺内は、まさか……と思いながら聞いた。

「手紙……おまえだったの？」

「うん」

永井がいじらしくニコリと寺内に微笑むので、寺内は激しく動揺した。

「だ、だ、だっておまえ、俺が組織固めをするってときに、古瀬が一番好きな上官って言っていたじゃねえか。古瀬でいいよ、古瀬にいけよ」

「ううん、アレは嘘。嫉妬した？」

「しねえよ。嫉妬なんかするか」

「えええー」

永井は悲しそうな声を出すと「して、嫉妬してー」と、握っていた寺内の手を自分の股間にくっつけようとして腰を押し出した。寺内は思いっきり抵抗した。

「しねえって。絶対にしない。だからこの手を、この手を離さんかあぁーい」

あいているほうの手で永井をしたたかに殴った。鼻血を流して床に倒れた永井は、しまった、調子にのってとんでもないことをしてしまったと一瞬、我に返ったが、ここで泣いて逃げたら負けだ、艦内生活は地獄の日々だ。告白をしてしまったのだ、あとはもうなるようになれだと思い直し、奇声を発して寺内に向かって突進した。無我夢中だった。

鼻血を風になびかせて迫ってくる永井を見た寺内は、恐怖におののきながらも、あの手紙は古瀬たちの仕業ではなく、こいつだったのか、こいつが俺を苦しめていた張本人だったのか、もう一発殴ってやる、と思ったが、ものすごい形相で迫ってくる永井の表情があまりにも怖くて、思わず「うわっ」と後ずさりしてしまった。

鼻血と涙で顔がぐしゃぐしゃになった永井が、立ち止まって叫んだ。

「寺内中尉の意気地なしぃぃぃー」そして永井は走り去っていった。

呆気《あっけ》にとられた寺内がボソッと呟いた。

「……え？　俺が意気地ないの？」

「そんなことないと思います」北がベッドから姿を現した。

「おまえ、いたのかよ。だったら助けろよ」

「すんません。かかわるのがものごっつう怖かったので」

「怖いよ。ものすごーく怖かったよ」

寺内は自分のベッドに潜りこむとお経を唱えはじめ、北もそれに続いた。

通路を足早に歩いてくる3人の男がいた。ケーキがしまってある寸胴《ずんどう》を大切そうに抱えて得意満面の渡久保を先頭に、古瀬と宇津木が後に続く。

「おやっさん、早く見せてくださいよ」古瀬がせがむ。

「待て待て。あとでじっくり、ゆっくりと見せてやるからよ」

渡久保はあれから真剣にケーキ作りに取り組んだ。古瀬からケーキの提案をされたときは、つい知ったかぶりをしてしまったが、ケーキは丸く、スポンジのお菓子であり、串に刺された団子とは違う、と聞いて恥をかいた。気を取り直し、部下の永井にも協力させて、日本から持ちこんだ食料から小麦粉と砂糖を混ぜ合わせ、試行錯誤をしながら今夜の横川の誕生日祝いに間に合わせた。味見をすると甘かった。「これはケーキです」と永井も絶賛した。仕上げに少々時間はかかったが自慢の一品となった。あとは横川の驚く顔を見るだけだ。今夜の渡久保は自信に満ちあふれていた。

「古瀬、宇津木。俺を見くびんじゃねえぞ。俺さまが本気になればケーキなんざチョチョイのチョイだ」兵員室前にやってきた渡久保は古瀬に顎で指示をした。

「古瀬。中を見てこい。ヨコがいたら元も子もないからな」

兵員室を覗いた古瀬は、横川がいないことを確認して「計画どおりに勝杜が連れ出しています」と伝え、渡久保、古瀬、宇津木は兵員室へ姿を消した。

ちょうどそのとき、便所から戻ってきた大滝が3人の背中を見送りながら呟いた。

「ケーキだと？」

兵員室ではしたり顔の渡久保が、寸胴にそっと両手を入れていた。

「へへ、焦るな焦るな、今からじっくりと見せてやるからよ」

渡久保は大切そうにバレーボールのようなまん丸い形をしたケーキを取り出した。その形を見て、え……となった古瀬とは対照的に、ケーキを初めて見た宇津木は感動していた。

「これがケーキか……」

「そうだ宇津木。これがケーキだ。おまえの心臓にはちぃーと悪かったかな、ガハハ」

「おやっさん、まん丸ですよ。どうやって置くのですか？」古瀬が指摘した。

ン……？　渡久保は考えた。確かにこのままでは置けない。コロンと転がってしまう。伊18号の大切な食料をひとりの乗組員の誕生日ごときに使用していることを、ほかの連中に知られたくはなく、寸胴の中でずーっとこねくりまわして作ってきた。一度もまな板に載せることなく秘密に作ってきたことがここにきて災いしてしまった。どうしたらいいのだ……。待てよ、これはそもそもケーキなのだろうか……。いや、味は甘かった。永井もケーキだと言った。これはケーキだ、俺が作ったケーキなのだ。だが、ケーキとはこんなふうに転がるものなのか？　いや、転がるわけがない。嗚呼、俺は何をやってきたのだ。どうしたらいいのだ。

渡久保の表情から自信が消え、泣きそうな目で古瀬を見た。

「助けてくれ……」

「下を包丁でスッと切れば、きちんと据わります。立派なケーキの出来上がりです」

「あ、そうか。そうだよな、ガハハハ」古瀬に助け舟を出されて、実にあっさりと渡久保に笑顔が戻った。

「それ、ケーキですよね」

扉のほうから声がしたので一斉に顔を向けると、扉の前に横川が立っていた。もっとも知られてはいけない男だ。男たちは息をのんだ。驚かせてやろうと秘密にしていたのに、バレてしまった……。古瀬が横川の後ろにいた勝杜を見て、戻ってくるのが早すぎると口をパクパクさせて注意をしたが、後の祭りだった。しかし古瀬たちの落胆をよそに、渡久保は嬉々とした。

「わかるの？　ヨコ、おまえはこれがケーキだってわかるの？」

「わかりますよ。どう見てもケーキじゃなかですか」

「さすがだ。横川君はさすがだ。やっぱ特殊潜航艇に乗って最初の一発を撃つ男は目がいいなー。うん、横川君はさすがだ、ガハハハ」渡久保はご機嫌だった。

兵員室のベッドに横たわっていた寺内は、その騒々しさに苛立っていた。もはや横川のために誕生日祝いなどする気になれない。あの歌を歌う気もない。今の渡久保の「特殊潜航艇に乗って最初の一発を撃つ男」という言葉には腹が立った。渡久保、あんたがあの日、俺をおだてたんだったよな……。

「ウチが一発目を撃つっていうあの話、その魚雷を発射すんの、もしかしたらテラじゃねえのか？」

「名誉の一発、栄光の一発目は中尉殿の仕事だと思うぜ、俺は」

寺内はベッドから渡久保を睨んでいた。寺内をその気にさせた張本人が、今は横川の太鼓持ちをやっている。寺内は渡久保が憎くて仕方がなかった。

「何だそれは？　ケーキだと？」ベッドから身を乗り出した寺内が、渡久保をあざ笑った。

「そんな無様なケーキは世界中どこを探しても見当たらないぞ。渡久保のオヤジは面白すぎるな。最近はやりのバレーボールの球か？」

「受けて、上げて、打ったらつぶれてしまうたあああ」

北が調子を合わせながらベッドから出てきた。渡久保の顔がみるみる曇っていくのがわかった。寺内と北はゲラゲラと笑った。

「テラ」古瀬が寺内を咎めるように見た。「おまえは人の失敗がそんなに面白いのか」

「……失敗だったのか？」渡久保が力なく呟いた。

寺内は古瀬に向かって吠えた。

「面白くねえよ。こんなものクソ面白くもねえよ。敵国の菓子作って盛りあがってんじゃねえよ。横川の誕生日ごときで浮かれてんじゃねえっつうんだよ」

「自分の誕生日とはなんでありますか？」横川が不思議そうに寺内を見た。

「このお人好《よ》し連中は、特殊潜航艇乗組員の横川一等兵曹サマには内緒で貴様の誕生日を祝ってやりたいんだとよ。何が誕生日だ？　母国日本では、みんな食うもの着るものを我慢して贅沢は敵だと叫んで一丸となっているのにだ。敵国の菓子で浮かれるな。祖国の貴重な食糧をひとりの祝いごとのために無駄にしていいと思っているのか。祖国の人たちに申し訳がたつのか」

寺内の言葉には一理ある。誰も何も言い返せなかった。

寺内はシーンと静まり返った兵員室を歩き、渡久保の前に立った。

「大切な食糧を二度と無駄なことに使うな」

渡久保は視線を落としたまま黙っていた。

「返事をしろ。主計兵曹長」

「……はい」渡久保は小さく返事をした。

寺内は渡久保の手からケーキを取り上げると、北に命令した。

「北、形がわからなくなるくらいに踏みつぶしてこい」

「はい」ケーキを受け取った北が扉を抜けて出ていった。

落胆する渡久保を見つめていた寺内は、フンと鼻を鳴らした。

「貴様には人の優しさがわからないのか」古瀬の怒りは限界に達していた。

「優しさ？　古瀬、おまえこそどうかしているぞ。横川の誕生日祝いって何なのだ？　下士官だぞ。ケーキなんざ食ったこともないド田舎出の男に、なぜそこまでしようとする？　点数稼ぎか？　そんなことしてまで俺を蹴落としたいのか」

寺内は古瀬の顔を覗きこみながら毒を吐いた。

「みっともねえこと言ってんじゃねえよ」古瀬は寺内を殴った。「そんなにアレに乗りたいか、乗りたいのか。だけどな、おまえは一生乗れねえよ。おまえみたいな奴は一生乗れるわけがない」

床に倒れた寺内は、口元の血を拭いながら起き上がり古瀬に突進した。

「上等だぜ。俺のことをコケにするのもたいがいにしろ」

ふたりを制止しようと、勝杜たちが間に飛びこんだ。

そのころ、軍医の村松が「ああ、暑い、暑い……」と艦内を歩いていた。

乗組員の健康状態を定期的に診《み》るのが村松の仕事だ。目、口の中、心拍数、脚気《かっけ》の有無を診るたびに、この艦内にもっとも必要なのは新鮮な空気だと感じていた。想像以上の悪環境に辟易《へきえき》していた。呉軍港を出港して、何日が過ぎたのだろう。潜水艦に乗りこんだ当初は屈強な乗組員に囲まれて緊張していたが、この狭い艦内で毎日のように乗組員と顔を合わせていくと、彼らも普通の男たちだと感じるようになった。ケンカもすれば、冗談も言い合う。卑猥な話で盛り上がるときもある。地元にいる普通の若者たちと変わらないのだ。

潜水艦に乗って驚いたことはいくつもあったが、艦長と下士官の食事が同じメニューだということにはとりわけ驚いた。階級への差別がなく、これは伊18号独特のものなのかなと思ったが、乗組員から、すべての潜水艦でそれが暗黙の決まりごとになっている、と教えられたときは感心した。以前、二本柳が「自分は潜水艦乗りには暴力がないというから希望したのです。一人ひとりの役割がチームワークを生み、一人ひとりの作業が潜水艦全体の運命を握っていて、上下関係はあるが皆、兄弟のようで」と言っていたのを思い出した。

振り返れば、あのときは二本柳に悪いことをした、と思う。北に鉄拳制裁を受け、大尉である自分に助けを求めてきたあの若者を救ってあげることができなかった。彼はあの日から私に話しかけてくることはなくなった。下艦するまでには互いに心を通わせたいものだ。次にあのような場面に出くわしたのなら、大尉として必ず手を差し伸べてあげよう。

村松がそんなことを考えながら艦内を練り歩いていると、通路の向こう側でふたりの男の揉める声が聞こえてきた。

あれは北少尉と大滝少尉だ。何を揉めているのだ？　ン？　何だ、あのまん丸なものは？　村松は目を細くして見つめて、あっと思った。もしかするとあのチンチクリンはケーキなのか？　昨日、古瀬中尉が横川一等兵曹の誕生日に、と言っていたケーキか？　渡久保は作ったのか。それにしてもぶさいくな形だ……。

村松は北と大滝に近づいた。


「それをよこせと言うとろうが」

大滝は北が持っているケーキを奪おうとしていた。

「何すんねん。寺内中尉に踏みつぶせと言われたんや」

「貴様は食いたくないんか？　毎日毎日偏ったメシを食わされて、体だって参ってきてんやで。おまえは食いたくないんか？」

「……」

「ほんまは食いたいんやろ。捨てんのならふたりで食おうやないかい。俺たちふたりだけの秘密にすればええやんけ」

「せやけど……」北は大滝の言葉に悩みはじめていた。

大滝はジッと見つめながら、北の反応を待った。

北は明らかに悩んでいる様子だった。ケーキに目を落とし、喉をゴクンと鳴らした。北が大滝の提案を受け入れる返事をしようとしたそのとき、兵員室から寺内の怒鳴り声が聞こえた。「上等だぜ。俺のことをコケにするのもたいがいにしろ」

何ごとかと、北はケーキを放り投げて兵員室へと走りだした。

大滝はそのケーキを宙で受けて、ハハ、儲け儲け、と笑った。

ふたりの様子を窺っていた村松も、寺内の怒声を聞いて兵員室へと向かった。

北が兵員室に飛びこむと、寺内が口から血を流している姿が目に入った。

追うように走りこんできた村松は、兵員室の光景を見て愕然とした。自分はどうしてこんなにツイてないのだろう。屈強な男たちが荒れ狂っているではないか。それも古瀬中尉と寺内中尉だ。ふたりの中尉のケンカということは、この争いは誰が止めるのだ？　私か？　大尉の私の仕事なのか？　以前、一度止めようとしてエライ目に遭ったんだぞ……。

「あ……」

村松の目に、寺内の口から流れている血が映った。古瀬のこめかみは怒りで血管が浮かび上がっていた。危ない、村松は医者としてとっさに叫んだ。

「何をしているのですか！」潜水艦に乗りこんで以来、村松は初めて声を荒らげた。

寺内と古瀬を止めていた男たちが、初めて聞く村松の怒声に驚いた。

「あなたたちはアメリカを知っているのですか。あの巨大な軍事力を有するアメリカを知っているのですか。そのアメリカに我々は戦いを挑もうとしているのですよ」

村松は叫び続けた。軍医として乗艦した村松の任務は乗組員全員を健康なままハワイ真珠湾に連れていき、そして祖国に帰国させることだ。だからこそ自分の目の前で起きている〝流血事件〟は、決して看過できない。

「敵は目の前の男か？　アメリカだぞ。大国アメリカなんですよ」

連呼されたアメリカという言葉に、古瀬と寺内は現実に引き戻された。

「そのとおりじゃ。軍医殿の言っていることは正しい」

ケーキを頬張りながら戻ってきた大滝が嬉しそうに叫んだ。北が、あ、ひとりで食ってるやんけ……と忌々しげに大滝を見た。

大滝の援護を受けた村松の言葉に力が漲《みなぎ》った。

「ここで今、みなさんの間で何があったのかは知りません、聞こうとも思いません。でもこれは聞きたい。私には軍人経験はありませんので、あえて聞きます」

村松はひと呼吸をおいて問うた。

「こんなことでアメリカ海軍に勝てると思っているのですか、大体ですね——」

「うっ。ううう……」

力説する村松の言葉を遮るように、突然、腹を押さえた寺内がうめき声をあげながら床にうずくまった。

「テラ？」「中尉？」「テラさん？」宇津木たちが呼びかけたが、寺内は腹を押さえたまま苦しんでいた。痛がり方が尋常ではない。村松は首からぶら下げた聴診器を寺内の胸に押しあて全神経を耳に集中させ、寺内の腹を指でグイッと押した。寺内は悲鳴をあげ、村松は病名を確信した。

「虫垂炎です」

村松の言葉を聞いた渡久保は、呆れたように寺内に話しかけた。

「テラ、おまえ、盲腸を切っていなかったのか」

盲腸は処置を遅らせると命にかかわることもあるため、長期航海を要求される潜水艦乗組員たちは、用心のために乗艦前にあえて盲腸を切ってくる者が多い。下士官ならともかく、士官である寺内がその準備を怠っていたことに渡久保は驚いた。

「すみません……」寺内は泣きそうな声で呟いた。

「切りましょう。手術です、手術をしてください」北は村松に懇願した。

「わかった」と頷いた村松が、「北君、私の部屋から手術道具を持ってきてください。渡久保さんはお湯をお願いします。ほかの人たちは手術用のベッドを作ってください」と指示を与えた。

北と渡久保が兵員室を飛び出し、勝杜、古瀬、横川、宇津木の4人は木箱を並べ、寝床からマットレスを引っ張り出して簡易ベッドを作りはじめた。この非常事態に、のうのうとケーキを食べている大滝に古瀬は「手伝え」と怒鳴り、大滝は面倒くさそうにその作業に参加した。

「テラ。待ってろ、今すぐ手術するからな」先ほどまで一触即発の状態にあった古瀬が、寺内を励ました。

「ああ、頼む……」寺内が古瀬にすがるように弱々しく答えた。

「あ……ダメだ、手術はできない……」村松が素っ頓狂な声を出した。

「どうしてですか?」横川が聞いた。

「麻酔を持ってきてない」

「なしてさ？　なして持ってきてないんですか」勝杜が追及した。

「そんなアホな軍医がおるか」黙ったままの村松に苛立ったのは大滝だった。

「前線だろうと駆逐艦だろうと、普通持ってるやろが。撃たれたとき、衛生兵！　衛生兵！って叫ぶ。そうすると衛生兵が走ってきて、注射をブスッてやるやんけ」

「それはモルヒネです。痛みを一瞬忘れさせるだけの麻薬。モルヒネ」村松はきっぱりと言いきった。

「では、モルヒネは持ってきているのですか？」古瀬が聞いた。

「持ってきてますよ。だって軍医ですから」

「モルヒネでいいです。打ってやってください」

「本当に？　でも一瞬ですよ、あれが効くの」

「ムラマツゥゥゥ」寺内が叫んだ。村松が何ごとかと顔を近づけた。

「寺内君、どうしましたか」

「能書き、いらない、打って……モルヒネ。お願い……」

「お湯持ってきたぞ」「手術道具です」お湯を入れた鍋を抱えた渡久保と、手術道具が入った鞄を持った北が同時に戻ってきた。手術道具の鞄を受け取った村松の目が、闘う医者の目に変わった。

「寺内君、最後に確認するが本当にいいのだね。モルヒネは何度も打つと効き目が薄れる。打つタイミングは一番痛いときが効果的だ。私が思うに、腹をかっさばいて盲腸を切るときが一番痛いと思う。寺内君、そのときでいいかな？」

「はい……。お願いします……」寺内の顔には脂汗が浮かんでいた。

「よしっ、やろう。みなさんは寺内君の手と足を押さえてください」

村松の指示を受け、勝杜たちは寺内が暴れないように手首と足首を強く握った。お湯にメスをつけて消毒していた村松が、寺内の腹を見つめながら呟いた。

「麻酔なしで腹を切るということは、切腹ということか……」

村松の言葉に、寺内は目を見開き、勝杜たちはその痛さを想像して目をきつく閉じた。

「痛いんだろうな……猛烈に痛いんだろうな。死ぬほど痛いんだろうな、私なら嫌だな」

「我慢しようかな？」思わず寺内が言った。「ウン、なんか我慢できそうな気がしてきたかな、へへ」

「バカモーン！　盲腸を軽く考えるな。ほっとけばいつか腸がからまり便秘になり、下に行くことも上に戻ることもできず、そしたらココ、腹が破裂しちまうのだぞ。そしたら死ぬことになるのだ。それでもいいのか」村松は怒った。

寺内の表情から希望が消えた。

「軍医はどっちなんだい？」渡久保が尋ねた。

「手術は痛いに決まっている。その痛さを我慢して生き延びるか、それとも痛いのは嫌だと言って手術を拒んで死んでいくか。答えはふたつにひとつだ。私はその最終意思確認をしているのだ。寺内君、どっちを取りますか、死にますか、生きたいですか」

「手術します、死にたくありません」寺内は今にも泣きそうだった。

「うむ。みなさん、いま一度、寺内君の手と足を強く押さえてください」

村松の言葉に、勝杜たちは目の前で行われる切腹を見ないように再び目を閉じて、寺内の手首と足首を強く握り直した。

寺内は奥歯を噛みしめた。

村松がメスをかざしたその瞬間《とき》、艦内にけたたましい警報が鳴り響いた。

血相を変えて兵員室に飛び込んできた二本柳が叫んだ。

「敵艦です！」

10章　敵艦

「敵艦が近づいてきています。通路のすべての扉を遮断し一切の音を消せとの命令。モーター を止めてこれより無音潜航に入ります」

二本柳は声を荒らげて叫ぶと、扉を閉めて伝令に走った。

鉄製の扉が鈍い音を軋《きし》ませながら、ドンと閉まった。男たちが一斉に壁やベッドの鉄パイプに耳を当てた。村松は震え、大滝は息を殺した。簡易ベッドに横たわっていた寺内も、痛みをこらえながら敵艦の動向を探ろうと耳を澄ました。

間もなく、潜水艦を動かしていたモーター音がゆっくりと止まり、艦内は突然、すべての呼吸が止まったかのように静かになった。

「いますね」壁に耳をつけていた横川が小声で囁いた。

「南西15度。12ノットで海上航海中」勝杜が敵艦の方位と速度を一同に伝えた。

「このスクリュー音からすると排水量2420トン。ディーゼル6万馬力。アレン・M・サムナー級駆逐艦ゲイナードだ」宇津木は目に見えない敵艦の姿を推測した。

大滝は、なんでそこまでわかるんや……？　と怪訝そうに3人を見た。

勝杜の顔が曇った。耳を何度も押し当てて確認しているのだが、スクリュー音とは別の不明な音が聞こえている。「なんだべ、この音は？」

勝杜の言葉に、乗組員たちは息を殺してその音を聞き取ろうと集中した。海上を航行中の敵艦の物音は、水中を伝わって潜航中の潜水艦に伝わってくるのだが、乗組員たちは耳という武器で敵を推し量ろうとする。大滝と村松以外の乗組員全員が不気味な音を確認した。爆雷準備なのか大砲なのか、どちらかを操作している音だとは推測できたが、最終的な判断ができずにいると、宇津木が断言した。

「大砲をいじっている音だ。12センチ砲3基、40ミリ対空機関砲2基、発射管は艦首4門、艦尾2門」

誰もが厄介な敵だと思った。そんなヤツに見つかって爆雷を投下されたらたまったものじゃない。恐怖が全身を覆った。額と脇から一気に噴き出した汗は、モーターを止めたことで艦内温度が上昇したのが原因ではなく、生死にかかわる緊張感によるものだった。

息を潜めて敵艦の動向をじっと聞いている勝杜の耳には、村松の荒い呼吸が邪魔だった。寺内の手術の直前まで見せていた村松の毅然とした姿は、もはや見る影もなかった。大滝もまた、閉じこめられた恐怖と何もできない苛立ちから、狂犬ぶりはなりをひそめ呼吸が乱れていた。自分よりも戦闘経験が劣っていると見くびっていた乗組員たちの堂々とした姿に奥歯を噛んだ。

なんやねん、こいつらは……。

わいの知っているこいつらは、いつもアホな話ばかりして笑い呆《ほう》け、戦争への緊張感のかけらもない奴らやった。不意打ちで行われる「戦闘訓練」はきびきびとやっていたが、あんなもんは所詮、訓練にすぎへん。艦長の「戦闘配置につけ」にしても、全乗組員が配置についた時点で「よし」と声がかかり、そこで訓練は終了や。前回より何秒短縮できた、と喜んでいるだけの訓練や。呉軍港を出港して4日間ほどは船酔いに悩まされ何十回も嘔吐《おうと》を繰り返したが、今はもう酔うことはあらへん。

潜水艦という乗り物に慣れてくると、これほどつまらない乗り物はない。狭い艦内は男の汗と脂、そして渡久保たち主計係が作るメシの匂いが混ざり合い、不快なことこのうえない。「乗組員は酸素を無駄に使うな、寝るのも大切な仕事なり」と作業と戦闘訓練以外は寝ることを命じられたとき、こんなにラクな仕事はないと思ったが、それもすぐに飽きてもうた。体を動かせないことがこれほどまでに気持ち悪くなることだとは思わへんかった。大陸で鍛えた筋肉と精神力が衰えてきていることを日に日に感じとる。胃も縮小した。メシを食べる量が減った。陽光を浴びることもあらへんので顔も体も青白うなった。

「寝ろ」ちゅうからベッドで寝とると、乗組員たちのアホな話がそこらじゅうで聞こえてきよった。接吻が何ちゃらと言いよる奴もいた。しゃあないから濃厚なやつをしたったら、異様に喜びよった。アホらしくて笑えてくる。古瀬という士官、こいつもアホだ。勝杜という子分と一緒に、新婚の寺内をハめようだとか何とかやっとる姿は滑稽やった。ハめられた寺内を見たときは腹がよじれた。笑いをこらえるのに難儀した。俺もこのつまらん潜水艦生活を楽しんだろうと、アホ話にのっかってやった。50の上官と46の嫁はんの話や。あのときの寺内の顔には笑かしてもらった。美智代、美智代ーって泣きそうに叫んどったな。整備長の宇津木というおっさん、このおっさんはアホを通り越して間抜けや。せいぜいトメ子幸せにしたれよ、宇津木のおっさん。

わいの知っとる伊18号潜水艦の乗組員ちゅうたらこんな程度の連中ばかりや。それなのに、なんなんや、今のこいつらは……。耳だけで敵艦と戦っている。鉄の壁に閉じこめられた中で目に見えない敵を推測して、敵艦を言い当てたり、方角を探知している。こいつらはこうやって戦いながら、今日まで生き延びてきたんか……。

ちょい待て。戦っているやと？　ちゃう。こんなのは戦っているのとは違うで。聞いているだけじゃ。わいには何も聞こえへんぞ。それにしてもなんなんや、この不安は。敵艦が通りすぎるのをじっと待っているだけなんか？　上のヤツが爆雷を投げこんできたらどないする？　見つかったら、おしまいやで……。こんなところで死ぬんか？　クソが……。鎮まれや、この膝小僧のヤツめ、何を震えとるんじゃ。こんなんじゃあベッドの毛布を頭から被《かぶ》って震えとる村松と同じやないかい。頼む、膝小僧、震えるな。

大滝が膝小僧を強く押さえたとき、勝杜の声が聞こえた。


「800メートル。接近してきています」

「こっちに気づいているのか？」渡久保が聞いた。

「わかりません」勝杜は全神経を耳に集中させた。

「うっ……」寺内の唸り声が聞こえた。「腹、痛い……」寺内は奥歯を嚙みしめながら、腹を押さえて相変わらず苦しんでいた。

「400メートル。来ます。このままだと真上を通過します」

勝杜の言葉に男たちはじっと真上を見つめた。村松は恐怖で声を出さないように口の中に手ぬぐいを突っこんだ。誰もが願った。通りすぎてくれ、頼む、このまま気づくことなく通過してくれ……。俺たちの目的地はハワイ真珠湾なのだ。こんなところで敵艦に見つかってしまうわけにはいかないのだ。頼む、おとなしく真上を通過して、そのままどこかに消えてくれ──。

　突然、屁の音がした。

　こんなときに誰だ⁉　腹を押さえた寺内が「すまん……。最近イモばっかりだし……」と、すまなそうに手で屁をあおった。寺内の近くにいた渡久保があまりの臭さに目をひんむいた。鉄扉を閉められたこの状況で他人の屁をかぐのは勘弁だ、厄介払いするように男たちはパタパタとやりだした。

「真上だ」宇津木の言葉に、男たちは息を殺していっせいに天井を見上げた。

　頼む、通過してくれ、お願いだ、通過してくれ。そう全員が祈った。

　大滝も息を止めて真上を見上げていた。頼むで、こんなところでわいの人生を終わらせてくれるな。俺たちに気づかずに去っていってくれ。大滝が静かに息を吐き出し、静かに吸いこんだ……。

　バフォン。

　小さな爆発音に似た音が兵員室に響いた。

「ひっ」情けない声を出したのは大滝だった。

　小さな爆発音に似た音は、またもや寺内の屁だった。いくら病人とはいえ、この非常事態に屁は勘弁だ。乗組員たちが一斉に寺内を見て、頼むから静かにと目で訴えたが、我慢していた屁は小刻みにバフォン、バフォン、バフォンとリズムを奏でるように放出された。

この兄ちゃんはなんちゅうタイミングで、なんちゅう音の屁を出しとんじゃ、思いっきり吸いこんでもうたやないかい。大滝は恨めしそうに寺内を睨んだ。

「悪い……」

寺内が泣き笑いの表情で大滝に謝った。

集中を切らすことなく敵艦の動向を音で探っていた宇津木が「あっ」と声を発した。

「止まった……。敵がコッチに感づいた」宇津木の言葉が重く響いた。乗組員たちは宇津木の次の言葉を待った。

「爆雷準備に取りかかっている」

室内の緊張状態は極限まで高まった。勝杜たちは一斉にベッドの鉄パイプをつかみ、爆雷に備える体勢を整えた。

「死ぬのか？」大滝が大声を出した。

「静かにしてください」勝杜が大滝を制した。

「これが潜水艦の戦い方です。相手の動きを読んで、そしてかわす。それが潜水艦であります」横川も大滝に言った。

「戦い方？　黙ってることが戦っているというんかい。静かにしてたって殺されてしまうんやろが。戦え、浮上や浮上！」

「静かにしろ」横川が低い声で一喝した。

大滝は一等兵曹ごときに睨まれたことが気に入らなかった。横川の言葉に、そうだという顔を向けている乗組員も気に入らない。大滝は思いの丈を叫んだ。

「せやから貴様らは『ドン亀』言われるんやろが‼」

「ドン亀」乗組員たちの表情は一変した。

「敵は上にいるんやぞ。こっちはバレバレなんやで。だったら戦わんかい！　戦わないんなら全力で逃げんかい。かわすやと？　かわすって何なんじゃボケが。爆雷が命中したらお陀《だ》仏《ぶつ》なんやで。命がなくなるんやで、戦えー」

眉間に皺を寄せて叫んでいた大滝が「あ……」となった。

古瀬を先頭に、勝杜と横川が両手で手ぬぐいをピンと伸ばしながら、大滝にゆっくりと近づいてきているのがわかった。その行動が何を意味するのか、大滝はすぐに察した。

「おまえら、俺を殺すつもりか」

「叫ぶな。静かにしろ。それでも叫ぶなら、殺す」

古瀬はゆっくりと、静かに囁き、3人で大滝を囲んだ。

ほかの男たちはそれが当然だとばかりに、その行為を止めることなく真上の敵艦の動向に集中していた。医者である村松は、今、目の前で人殺しが起きるかもしれないというのに何もできないでいた。

「浮上しろ―」身の危険を感じた大滝は扉に向かって走った。

古瀬、横川、勝杜が大滝に襲いかかった。


後部兵員室手前の倉庫で、二本柳が震えていた。

先ほどまで全身から噴き出していた汗が、今は冷や汗に変わっていた。二本柳の任務は「総員配置」命令と同時に、そのとき身近にある扉を閉めることだった。誰もいなくなった倉庫で二本柳は緊張と孤独に苛《さいな》まれていた。

どうなるのだ、このまま戦闘になるのだろうか……。万が一に備え、艦内浸水を食い止めるために扉を閉めるという任務は、訓練のたびにスピードが上がり自信をつけていた。だが、これは訓練ではない。士官からの伝令は明らかに訓練とは違う緊張感が漂う声だった。これは戦闘状態なのだ。戦争が始まるのだ。任務の「万が一に備え」という言葉を改めて考えた。この艦が爆雷攻撃を受けるということだ。破損した箇所から浸水すれば、艦が沈むということだ。よせ、そんなことを考えるのはよすんだ。

二本柳は今の自分にできることとして、自分なりに敵艦を推測してみようと考えた。任務は扉の前に立ち続けることだが、二本柳は積み荷の上にあがり、壁に耳を押し当て、敵艦の種類と水上航路を読み取ろうとした。しかし何も聞こえなかった。聞こえてくるのは激しくリズムを刻む自分の鼓動だけだった。

落ちつけ。死への恐怖が二本柳に襲いかかっていた。こんなことで動揺をするなと言い聞かせ、兵学校に入った当日から卒業までの毎日、声を張りあげて発声した「聖訓五箇条」を謹誦《きんしょう》した。

「一、軍人は、忠節を尽くすを本分とすべし」

「一、軍人は、礼儀を正しくすべし」

「一、軍人は、武勇を尚《たっと》ぶべし」

「一、軍人は、信義を重んずべし」

「一、軍人は、質素を旨とすべし」

しかしそれでも二本柳は震えが止まらなかった。自分はこれほどまでに弱い人間だったのかと、自分を責めた。海軍兵学校に行き、将来は士官となって海軍で上に立つことが夢だ。そのための努力をした。自信もあった。それなのになんという体たらくなんだ……。二本柳はそんな自分の弱さを振り払うように、突如口の中で歌いはじめた。

「一ツトセ　広島県下の江田島は　明日の日本のバロメーター　ソイツァ　豪気だネー」

クラスの連中と歌った「兵学校数え唄」。どうして、これを歌いはじめたのかは二本柳にもわからなかった。ただ自分を鼓舞しようと、とっさに出たのがこの歌だった。

「二ツトセ　踏んだり蹴ったり殴ったり　攻撃精神棒倒し　ソイツァ　豪気だネー」

「三ツトセ　三ツ星おろして入れた位置　古鷹山の上に出た　ソイツァ　豪気だネー」

二本柳はただひたすら、歌い続けた。


「は、放せ……」

大滝の表情からみるみる血の気がひいていくのは、誰の目にも明らかだった。大滝の口と動きを封じるために、首を柔術で絞めていた宇津木が低く囁いた。

「覚えておけ。俺たちはこの艦に乗ったときから艦長に命を預けている。艦長以外、この潜水艦を動かしてはならないのだ。男なら度胸を据えろ」

宇津木が大滝の首に巻きつけていた腕をほどいた。大滝はズルズルと床に崩れ落ち、激しく咳《せき》こんだ。宇津木は自分の持ち場に戻り、天井を見つめながら見えない敵を睨んだ。

「宇津木、来ると思うか？」渡久保が小声で聞いた。

「俺なら50発は落とす」

宇津木の言葉に、男たちはベッドの鉄パイプを握り直し、床にへばりつくなどして爆雷投下に備えた。宇津木は乗組員たちを見つめながら優しく微笑み、力強く言った。

「艦長を信じよう」

その言葉に勇気をもらい、乗組員たちは力強く頷き合った。

静かな時間が流れている。もうどれくらいの時間が過ぎたのか。乗組員の呼吸だけが聞こえていた。敵はこちらに気づいたのだろうか。爆雷はくるのか、こないのか。くるならいつだ。

いつでもきやがれ、そう勝杜は思っていた。そのために今日まで訓練をしてきたのだ。戦闘の心構えと準備はできているのだ。通信室では帝国海軍の優秀な通信兵たちが敵艦の位置を把握するために、目を皿にして探知機を見ているはずだ。魚雷はいつでも発射できる態勢だろう。敵艦が爆雷を投下したら、すべて使い切るまで潜り続けて、その後に浮上して目にもの見せてやる。勝杜は鼻息荒く天井を見つめていた。すると、隣の横川から祈るようなか細い声が聞こえてきた。

「嫌だ……。どうか見つかりませんように……」横川は目を閉じてブツブツと呟いていた。

「ヨコ」勝杜は小さな声で横川を呼んだ。

「情けないことを言うな。俺たちは、軍人だ」

「……はい」

勝杜は横川に優しく笑いかけた。横川も必死に笑顔をつくった。しかしその顔は、どこか寂しげだった。


横川は天井を見上げながら思った。

俺は声に出していたのか……。何をしとるんじゃ、いけんな。だが、こんな場所での戦闘は避けたいのが本音だ。敵艦に見つかれば爆雷が雨あられと降ってくる。通常ならそれを避けるために伊18号は深く潜航すればいいのだが、今回はそうはいかないはずだ。搭載している特殊潜航艇が水圧に耐えられる深度までしか潜ることはできない。そうなると敵の爆雷を受ける可能性があり、特殊潜航艇が攻撃を受ければ秘密の作戦がすべて台無しになるのだ。爆雷攻撃が始まれば艦長は考えるはずだ。特殊潜航艇を守るために乗組員95人の命を犠牲にはできず、通常の深度まで潜航する。そうなると特殊潜航艇は水圧に押し潰される可能性が大だ。つまりは、伊18号が敵艦に発見された場合は、どちらに転んでも特殊潜航艇は稼働できなくなる確率が高いのだ。

横川は、今度は声に出すことなく神様に祈った。

「お願いいたします、我が艦の無事を」


突如、モーター音が艦内に響き、艦首がグイッと持ち上がった。艦尾に位置する後部兵員室の乗組員たちの体が大きく傾く。床を滑り落ちていく者、ベッドの鉄パイプにつかまりながら体が宙に浮いている者、勢いよく床を滑る木箱にしがみつく者……艦内は騒然となった。

「何があったんじゃあー」大滝が叫んだ。

潜水艦に乗ったことがある者たちは急浮上が始まったことを理解し、大滝の言葉には答えず必死に自分の身を守っていた。艦内に警報が鳴り響き「合戦準備」の号令が聞こえたのとほぼ同時に、通路を走ってきた永井が扉を開けて喉をつぶす勢いで叫んだ。

「伝令です。これより水上戦闘に入ります！」

「水上戦闘」

この四文字に男たちは怒号をあげた。大きく揺れながら急浮上していく艦の中で必死に立ちあがり扉に向かおうとしたが、ベッドの縁につかまっていなければ振り落とされるほどの角度で、潜水艦はグングンと浮上していった。

「戦争じゃあー。どけえええー」扉にいの一番にたどり着いた大滝は、永井をぶん殴って外に飛び出した。

強烈な拳を側頭部にまともに受けた永井は、脳震盪《のうしんとう》を起こして床に倒れた。男たちは永井を跨いで次々と飛び出した。横川が扉を走り抜け、宇津木も続いた。寺内も腹の痛みをこらえながら、力を振り絞り前へ前へと進んだ。そんな寺内を古瀬が助けるようにして、ふたりは扉を飛び出した。北が続こうとしたとき、振り返ると勝杜がモタモタしているのが見えた。

北は左手で扉を押さえながら、右手をぐいっと伸ばして叫んだ。

「勝杜！　モタモタすんな、水上戦闘や、水上戦闘やぁぁぁ！」北が勝杜の手をつかんで引き寄せた。

「行くで！」

「おおおおー‼」

勝杜と北が走りだした。

激しく揺れる艦内を勝杜は走った。

そのときの心境を後日、日記に綴った。

『十一月二十三日。一五〇〇。我々は死を覚悟し水上戦闘態勢に入る。敵地に来たることを感じながら艦の中を走る。陽光を見ず、明るい太平洋も見えず、ただひたすら潜航していた時間にサヨナラを告げる気持ちで走る。浮上と同時に総員配置の命令。死にたくない。死んでたまるか』

二本柳は積まれている荷物の中で七転八倒しながら、次々と駆け抜けていく乗組員たちを横目で見ていた。水上戦闘だ。行かなければ……後れをとりたくはない。積み荷の中から這《は》い出したとき、目の前を走り抜けていく村松と渡久保が見えた。振り向くとそこには誰もおらず、しまった、と思った。そのとき、奥の兵員室で倒れている男の姿が見えた。二本柳は艦尾の後部兵員室へと走った。

兵員室に戻った二本柳が見たのは、気絶している永井の姿だった。

「永井！」

心臓に耳を当てた二本柳は驚いた。永井は無呼吸状態になっていた。

「永井！」もう一度叫び、人工呼吸を始めた。永井の顎をぐいっと持ち上げ気道を確保すると息を3回吹きこみ、続いて心臓マッサージを試みた。永井は反応を示さなかった。

「ながいー起きろー目を覚ませー」

二本柳は泣きそうになりながら再び人工呼吸を始めた。1回、2回と空気を送り、3回目に大量の空気を送りこんでいると永井の両手がゆっくりと天井に伸び、二本柳の後頭部を押さえつけた。二本柳は何事だと永井から唇を離そうとしたが、永井は「接吻」をやめようとせず、タコのように吸いついて離れなかった。二本柳は、力任せに永井から体を離し、まじまじと永井を見つめた。

「何なんだよ……おまえは?」

「え? いえ……」

してやったりの顔だった永井は、恍けたように激しく咳をすると「ああ生き返った」とごまかした。

そのとき、再びけたたましい警報が鳴り響き、スピーカーから副艦長の声が聞こえた。

「全乗組員に告ぐ全乗組員に告ぐ。今のは間違い、今のはミス。敵艦ではない敵艦ではない。味方の潜水艦伊22号、伊22号。すまん、本当にすまん」

敵艦では、なかった……。

二本柳の体からドッと力が抜けた。

11章　反抗

副艦長の「ミス」という言葉を寺内が聞いたのは、艦首の発射管室手前、聴音室付近だった。極度の緊張感から一気に解放された寺内は思い出したように腹痛を感じ、聴音室と通路を挟んだ向かい側の便所に飛びこんだ。

また渡久保は厨房で、村松は士官室にこしらえた医務室で、それぞれ副艦長の言葉を聞いた。

一連の騒動の顛末《てんまつ》はこうだ。

水上戦闘のために古瀬と勝杜、北、横川、宇津木らは兵員室を飛び出し、管制盤室、機械室、電探室を駆け抜け、海面への浮上と同時に発令所の梯子階段をのぼり、艦橋に飛び出して発見配置に就いた。海上は白い花が咲き乱れるように波が砕け、風が吹き荒れていた。霧の彼方に、敵と思われる艦影が見えた。緊張感が漲った。敵はいつ攻撃してくるかわからない。しかし敵の艦影を見た古瀬が「ン……？」と目をこらしたとき、見張り番が「違う、違う」と声をあげて司令塔に叫んだ。

「違います！　伊22号潜水艦、伊22号でありまーす」

その叫び声を聞いた司令塔が「今のはミス。敵艦ではない敵艦ではない」と訂正したのだった。

甲板の艦首で大滝は、大の字に寝ながら腐っていた。何がミスじゃボケ。こんな初歩的なミスがあるか。潜水艦乗りの連中のことを少しは見直しただけに腹が立っていた。その一方で戦闘にならなかったことにホッとしつつも、右手をゆっくり開いたり閉じたりしながら、チッ、やってもうたか、と考えていた。骨折か、それともヒビが入ったか。運がよければ打撲か。クソ……。「水上戦闘」の声を合図に、あの閉塞した室内からいち早く飛び出そうとして扉の前に立っとったしゃもじ男を殴ったときや。あのガキ、どんだけの石頭だ。

背後から勝杜たちの笑い声が聞こえてきた。大滝は先ほどの自分の動揺ぶりを笑われていたのかと思ったが、違うようだった。

あのとき、こいつらはわいを殺そうとした。

こいつらの目は獣のようやった。狼の群れが一匹の獲物をぐるりと取り囲んで始末する、と聞いたことがある。それと同じや。確かに、あの状況で取り乱したわいは恥やった。潜水艦での戦闘は初めてやから、息苦しくなり、座して死を待つような状況に耐えられなくなったんや。せやから叫んだ。あれはしゃあないことや。せやけど、こいつらはわいの叫び声を消すために殺そうとしよった。なんなんや潜水艦乗りちゅうのは……。わいが聞いていた〝ドン亀〟とはちゃうぞ……。

大滝から少し離れた場所で、勝杜をはじめ北や横川、古瀬が大笑いしていた。笑っていないのは宇津木だけだった。北が宇津木に向かって皮肉を言った。

「宇津木さん。あんた、ものごっつう耳の持ち主やな。アレン・M・サムナー級駆逐艦やと？　アハハハ」

宇津木は返す言葉がなかった。

大滝は自分の話題になる前にこの場を立ち去ろうと腰を上げて艦内へと戻っていった。その姿に気づいた古瀬が「話をしてくる」と、大滝を追って腰を上げた。

拳の腫《は》れを見つめながら通路を歩く大滝の背中に、古瀬は声をかけた。

「大滝、さっきは悪かったな。あれが潜水艦なのだ」

大滝は足を止めたが、振り返ることも言葉を返すこともなく、背中を見せたまま歩きだした。古瀬が小さな溜め息をついて見送っていると、便所の扉が開き寺内が出てきた。

「うーすっきりした」

「臭えな」

「あたりめえだ。クソをしたんだ。古瀬、おまえのクソは香ばしい匂いでもするのか？」

寺内と古瀬がそんな話をしていると、渡久保が笑いながら近づいてきた。

「おいおい、なんだよ、あの人騒がせは。何が大砲だ？　宇津木の耳はどうなってんだ、ハハ」

「だから、あの人は音痴なんだ」寺内も悪態をついて笑った。

「お？　テラ、おまえ元気じゃねえか。盲腸はどうした？　まさか今の騒ぎで散ったのか？」

「いや、あれはガスだな。今、クソして、でっけえ屁を出したら痛みが消えた」

「ガス？」古瀬が素っ頓狂な声を出した。

「おいおい。村松もあてになんねえなー。どうなっているんだ、この艦は？　ガハハハ」

渡久保が豪快に笑うと、古瀬と寺内もつられて笑い、3人は兵員室を目指して歩きだした。

兵員室では永井が密《ひそ》かに興奮していた。

汗で濡れたシャツを脱いだ二本柳の鍛えられた腕の筋肉、隆起した肩甲骨の筋肉を見ながら、嗚呼、もう一度人工呼吸をしてもらいたいと願っていた。もう寺内のことは忘れた。唇を尖らせた永井は、二本柳の背中を見つめながらチュッチュッと投げキッスをした。

大滝が扉からその光景を怪訝そうに見ていた。

頭を殴ったことが気になっとったが、まあ元気でよかった。しかしこいつは何しとんねん？　頭を殴られておかしくなったか？

「しゃもじ、貴様、何しとんねん？」

「ひっ」と振り返った永井は、見られた、バレたと思った。それももっとも恐ろしい大滝少尉だ。狂犬だ。また殴られる、と覚悟を決めた。

「貴様は男に興味があるのか」

「いえ、そのようなことは……」永井の返事はしどろもどろだった。

二本柳はふたりの会話に気づき、不思議そうに見ていた。男に興味がある……？　いったい何の話をしているのだ？

大滝は永井の前に立つと低く呟いた。

「貴様は男と接吻したいのか」

永井は逡巡《しゅんじゅん》した。嘘をついてもこの人には殴られる。それならば真実を告げて殴られたほうがいいのかな……。永井は正直に答えようと決めた。

「はい」

「潜水艦の中はどないなっとんじゃ」

大滝は苛立つように言葉を吐くと永井の頬をわしづかみにして「ほら」と、唇を合わせた。

「んっ！」二本柳は思わず声を出した。

永井の唇から口を離した大滝は「あー疲れた疲れた」とベッドに戻った。

腰が抜けて床にペタンとしゃがみこんでしまった永井は接吻の余韻に浸っていた。

二本柳は唖然とした。永井が男色家という事実も衝撃だったが、大滝少尉もそうなのか？ つまりこの室内にはふたりの男色家がいるということか？ 逃げなければ……二本柳は慌てた。

「大丈夫ですか？」ちょうどそこに村松が現れ、床に座りこんでいた永井に心配そうに声をかけた。

「長いこと艦に乗っていると脚気になる人がいるらしいのです」

村松は永井の脚にさわり、膝を叩いたり胸に耳を当て診察を始めた。

永井は幸せだった。一日にふたりと接吻ができた。しかも今は軍医が自分の胸に顔をうずめてくれている。嗚呼、今日はなんと素晴らしい一日なのだ。今日の運勢はたぶん大吉だ、と思った。

永井の恍惚とした表情を二本柳は眺めていた。非常事態だったとはいえ、俺はあの男と接吻をしてしまった……。女性ともしていないのに、悔しい、どうしてこんなことになってしまったのだ。すべての原因は僚艦を敵艦と見間違うというミスのせいだ。この艦の上官は緊張感がなさすぎる。

「二本柳君は顔色が優れないね。脈を測りましょう」

二本柳が顔をあげると、目の前に村松がいた。村松を見ながら二本柳は考えていた。この男も情けない上官のひとりだ。あの日の屈辱は忘れない。大尉という肩書だけで何もしてくれなかったこの男のことを。

扉の外から寺内の笑い声が聞こえ、古瀬、渡久保とともに兵員室に戻ってきた。元気そうな寺内を見た村松が「寺内君、盲腸は？」と尋ねた。

「軍医。あの痛みはガスが溜まっていただけでした」

「え？」

「切腹をしなくてすみました、ハハハ」

「軍医。副艦長にもミスはある。あんたにもあっただけの話だ。気にするな」

渡久保の嫌みに、村松の顔は真っ赤になった。

「二本柳、おまえもだ。気にするなよ」寺内が笑った。

「自分が、何でしょうか？」

「俺たちが艦を走り抜けていくとき、おまえ荷物の陰でうずくまっていたよな。足が震えて立てなかったのか？　それとも腰が抜けたか？　ハハ、初めてはみんなそうだ」

見られていた……。二本柳は村松と同じように赤面した。

「テラ、そういじめるな。二本柳、過去最大の訓練と思えばいい。本当の戦いになったら頼むぞ」と、古瀬は爽やかな笑顔を向けた。

二本柳は屈辱感に包まれた。嫌みな寺内も、優しい言葉でかばってくれた古瀬も、二本柳には不愉快極まりない存在の二人になった。


雲間から太陽が顔を出し、次第に風が弱まり、南国の日差しが甲板にいた乗組員たちの青白くなった体に降り注いでいた。

北は背伸びをしながら、気持ちええなーと呟いた。勝杜と横川も久しぶりの日差しと新鮮な空気を体いっぱいに感じながら、これも副艦長と宇津木さんのミスのおかげですと笑った。

宇津木が、もう言うなと頭をかいた。

「ほう、あれが噂の特殊潜航艇かいな」

北の声に勝杜と横川が振り返った。艦尾に黒のカバーを被せられた特殊潜航艇が見えた。

勝杜が以前目視したのは艦長、士官たちの目を盗んだときだったので、ほんの数秒間だった。しかし今はしっかりと見ることができる。カバーを被せているのは万が一、この潜水艦が敵の偵察機に発見された場合でも、機密であるこの特殊潜航艇の存在を知られてはならないからだろう。勝杜はその姿を目に焼きつけようとして、いま一度、特殊潜航艇をじっくりと見つめながら呟いた。

「これでどれくらい潜れるんだべ？」

「100メートルだ」と宇津木。

「電動機600馬力。全長23・9メートル。幅1・8メートル。排水量43・75トン。速力25ノット。航続力は21・5ノットで50分。7ノットで16時間。蓄電池224ボルト。魚雷は九七式酸素魚雷。駆走距離5500メートル。炸薬300キロだ」

宇津木は淡々とした口調で教えた。

カバーに覆われているため姿形が不明な特殊潜航艇だが、北は惚れ惚れするように見つめながら心の底から呟いた。

「画期的やな、これは……」

「ヨコ、おまえ、幸せ者だな」と、勝杜は横川を見た。「これに乗って魚雷を撃てるんだもんな。だけど、なしてヨコが選ばれたんだべ？」

「そんなのは簡単な理由じゃ。横川はちっちゃいからや」

困惑の表情を浮かべる横川の代わりに、したり顔の北が答えた。

「あ、そういうことか」勝杜は背丈が小さい横川を見て納得して笑った。

「横川。おまえを小さく産んでくれたおかあちゃんに感謝するんやで」と北も笑う。

横川は不器用な笑顔を見せながら、はい、と答えた。

「ここは敵地なんだよな」煙草を吸っていた宇津木が不意に呟いた。

「よくぞ、ここまで来たものだ。通常は亜細亜の港に寄港しながら燃料補給をするものだが、ここまで一気に来ちまった。たいしたものだ、帝国海軍は」

「はい。遠くに来ました」勝杜がしみじみと相槌を打った。

「静かやな、ほんまに戦争が起こるんやろか」

「どうなるんだべな、日米会談は……。和平か、戦争か。ここまできたのに、なして何の連絡もねえんだべか。揉めてんのかな。来栖大使まで派遣してんだから、とっとと右か左かに決めてもらいたいもんだわ」勝杜は煙草を取り出しながら遠くを見つめた。

出港してからの艦内では、来栖三郎大使がアメリカ側と会談をしていることが話題になっていた。その会談の結果が、アメリカと開戦となるか和平になるかの分かれ道であり、会談で和平成立となった場合は潜水艦の任務は不要となり、ただちに帰投となる。不成立となった場合は開戦。乗組員たちは会談の行方を見守りながらも、誰もが開戦やむなし、と強く心に思いながら潜水艦での穴蔵生活を過ごしていた。

だが祖国からの伝令は、この日までなんら届いてはいない。

「来栖大使は誠意のお人や。そのお方が会談に臨んでおられるのに返事がないちゅうことは、アメリカ側が戦争を始める気満々ということやろ」

「それならそれで、早いとこ言ってきてほしいわ。そしたら目にもの見せてやることができるべさ。伝家の宝刀の特殊潜航艇の出番さ、なぁヨコ」

「はい」横川の返事は力強かった。

「さてと、そろそろ戻るか。長居をしていると艦長にどやされるしな」そう言って腰をあげた宇津木の目が凍りついた。

「ヨコ、あれ……」

宇津木がおそるおそる特殊潜航艇を指さした。

宇津木の不安な視線に誘われるように特殊潜航艇を見つめた横川の目が戦慄した。特殊潜航艇を隠していたカバーの下から、一本のバンドが垂れていた。特殊潜航艇と本艦を結んでいる4本の固定バンドの一本が外れていたのだ。

風が出て、偏東風が吹き出した。さっきまで勝杜たちを照らしていた太陽は、雲に隠れはじめ、波がうねりだした。

兵員室は険悪な空気に変わっていた。

ことの発端は二本柳のプライドだった。寺内と古瀬に小馬鹿にされたと思いこんだ二本柳は自分の不甲斐なさを認めたうえで、士官への批判をしはじめたのだ。

「アメリカの海軍協会発行の、ネイヴァル・リーダーシップという士官御用達の副読本をご存じでありますか。その一文にこうあります。『人は危機に直面したとき、尊敬している人に笑わされると、今、見失いそうになっていた自信、平静さ、活力をたちまち回復し、恐怖心を吹き飛ばすことができる』」

二本柳はそう言いながら、心の中で、俺は何を言おうとしているのだ？　よせ、よすのだと叫んでいた。しかし言葉は止まらなかった。

「これは、下士官が戦闘中の恐怖心を取り除くことができないのは、上官を尊敬できていないからだ、という意味であります」

「つまり、おまえのミスは俺たちを尊敬できていないからだ、と言いたいのか」寺内は二本柳の前に立った。

「また暴力ですか？　構いません。ここにきて何発も殴られました。そのようなことで上下関係をつくりたいのならご自由にどうぞ。ただし自分は屈しません」

「二本柳。おまえは自分の弱さを俺たちの責任になすりつけているだけだ。おまえ以外の乗組員は、全員自分の任務をまっとうしたぞ。これをどう説明する」古瀬は凜《りん》として、二本柳を見つめた。

痛いところを衝かれた二本柳は返事ができなかった。

「二本柳、二度と言い訳をするな。よし解散だ」古瀬は優しく微笑んだ。

「はい、解散解散。永井、俺たちはメシを作りに戻るぞ」渡久保は空気を和ませるように、いつも以上に明るく言った。

しかし永井は返事をせず、動こうとしなかった。

「永井？　何をしている。行くぞ」

「渡久保主計兵曹長。お願いがあります。自分を主計から外してください」永井は震える声を張りあげた。

「主計から外せ、だと……」

「先ほど、水上戦闘に入ろうとしたときに感じたのであります。自分は魚雷を撃ちたいのであります。メシを炊くために海軍に入ったのではありません。自分はしゃもじではなく、魚雷発射のレバーを握りたいのであります」永井は前掛けを外し、褌に挟んでいたしゃもじを投げ捨てた。「こんな仕事、海軍ではありません。町の食堂のおやじです」

永井の突然の反乱に古瀬は渡久保の顔色を窺い見た。怒りの渡久保が感情に任せて永井に飛びかかり刃傷沙汰《にんじょうざた》になった場合のことを考えて、渡久保の懐に飛びこめる距離を計算した。

ところが渡久保は、永井を見つめて、優しい微笑みを見せると、なるほどな……と呟き、永井が捨てた前掛けとしゃもじを拾って寂しそうに出ていった。

緊張の糸が切れた永井はどっと息を吐き、離れた場所に立っている二本柳を嬉しそうに眺めて、自分の口の中で小さく囁いた。

「ふたり揃って、上官に反抗しましたね、フフ。僕たち、お仲間ですね、ウフフ」

そのとき、渡久保が意味不明の叫び声をあげて兵員室に戻ってきて、永井にビンタをくらわせた。

「町の食堂のおやじとは何だ！　ガキの戯言《ざれごと》と思って大人ぶって帰ろうとしたけどよ、思い出せば思い出すほど腹が立つ。食堂のおやじのどこが悪い、この野郎、てっけーん！」

そう言ってもう一発、永井にビンタをくらわせた。

「ヒッ。永井、いたーい」

「コノヤロ、気持ち悪い声を出しやがって」渡久保はしゃもじで永井の尻を思いっきり叩いた。

「いたーい、永井いったーい」

悩ましい永井の声に、渡久保は思わず手を止めた。

「……おまえってそっちなのか？」

「そうだ。思い出した。こいつ、俺に恋文を寄越《よこ》したんだ」寺内が思い出したように言った。

「嫉妬した？」永井は艶めいた視線を寺内に送った。自分の秘密を知られてしまった永井には、もう怖いものがなくなった。兵員室にいる男たちの顔を一人ひとりゆっくりと見つめ、フフ、と微笑んだ。調子に乗って永井に接吻をしてしまった大滝と人工呼吸をした二本柳の目が、恐怖に揺れていた。そして永井が突然、闇雲に走りだしたので、その場にいた男たちはわっと叫んだ。

そのとき、宇津木がものすごい勢いで飛びこんできた。

「ボルトだ、三寸のボルト2本だあー！」

宇津木の叫び声に続いて飛びこんできた勝杜と横川、そして北が、道具箱、木箱、ベッドをまさぐりはじめた。

古瀬と寺内は、何ごとかと宇津木たちを見ていた。

「どうしたのだ？」ただならぬ様子の勝杜たちに、古瀬が声をかけた。

「緊急事態です。急浮上したせいで、特殊潜航艇を結んでいたバンドのボルトが外れました！」

木箱の中を漁っていた勝杜の言葉は悲鳴に近かった。

12章　軍神

「ボルトが？　特殊潜航艇が落ちたのか！」

騒然としはじめた兵員室に、古瀬の震える声が響いた。

「ギリギリのところで保《たも》っています」横川が泣きそうな声を張りあげた。

「今、上でみんなが踏んばっている。おい、ボルトあったか？」

大声をあげる宇津木に対し、「見つかりません」「ありません」「どうしてないのですか」と悲痛な声が交錯する。

「ほかは、ほかに異常はないのか？」寺内が勝杜に聞いた。

「わかりません。とりあえず今はボルトです。ここで特殊潜航艇を海に落とすようなことがあっては、何のためにここまできたのかわからなくなります、秘密の作戦も水の泡です。我が潜水艦伊18号の沽券《こけん》にかかわります」室内を駆けずり回りながら勝杜は叫んだ。

「三寸のボルトが見つからない場合は代用品でもいい。捜せ！」

寺内の号令に「はい」「わかりました」と男たちは声を張りあげた。寺内がベッドの下に這いつくばって三寸のボルトを捜しはじめたとき、取り乱した古瀬の声が聞こえてきた。古瀬は宇津木につかみかかって叫んでいた。

「浮力タンクは狂っていませんか？」

「大丈夫だ」浮力タンクのことも、ほかの設備に不具合が生じているかどうかもまだ調査はしていないが、宇津木は古瀬を落ち着かせようとしてそう言った。

「魚雷は？　2本の信管は歪《ゆが》んでいませんか」古瀬は尚も問いつめた。

「充電線は」「電話線は」「補機関は」「電池は」次々と繰り出す古瀬の質問に宇津木は「大丈夫だ」と繰り返した。

その古瀬の姿を、寺内はじっと見つめていた。

どうしてだ。なぜ、古瀬はそんな質問を……。どうして魚雷の数を知っているのだ？　なぜ、古瀬は特殊潜航艇の構造を知っているのだ？　そもそもあの顔はなんだ……？　あんな形相は見たことがない。寺内はいつもとは違う古瀬を見つめて、はっとした。こいつなのか……特殊潜航艇に乗るのは、古瀬なのか……？

「ありましたー！」

横川が1本のボルトをかざして叫んだ。

宇津木はボルトを奪うと「先に行ってる。残り1本を見つけ次第頼む」と言って飛び出した。

男たちがボルトを捜す中、寺内は古瀬をじっと見つめていた。古瀬はベッドをくり付けているボルトを外そうと必死だった。

「このボルトを外せー」古瀬の爪は血だらけだった。

「あったぞー」道具箱をひっくり返していた渡久保がボルトをかざした。

「行ってきます」ボルトを奪って永井が飛び出した。「私も手伝ってきます」と村松が追いかけ、続いて古瀬を先頭に全員が扉へと走ろうとした。

そのとき寺内が扉へ向かう古瀬の肩をつかんで、強引に床に投げ飛ばした。突然の出来事に勝杜たちが何ごとかと見た。

「何をするんだ」と古瀬が怒鳴った。

怒りに満ちあふれた寺内は古瀬を睨んだまま、言葉を吐き出した。

「古瀬、本当はおまえだったんだな。特殊潜航艇、乗るのはおまえだ」

立ち止まっていた男たちは、寺内の言葉を疑った。……え？

「魚雷だ」

「魚雷？　魚雷が何だって言うんだ？」古瀬は微笑んだ。

「2発の魚雷の信管がどうしただと？　特殊潜航艇が2発の魚雷を装備しているなんて初め

ての情報だ。それをどうしておまえが知っている」

古瀬の顔から笑みが消えていった。

鼻の穴が大きく開き、大きく吸いこんだ息をゆっくりと吐き出す。それは武術で戦うときの古瀬の顔だった。古瀬は艦尾方向に相対すると、祖国の天皇陛下に向かい姿勢を正して、海軍大尉から拝命された秘密裏の命令を復唱するように声を発した。

「ハワイ真珠湾への航路はウェーク島とミッドウェー島の中間、中央航路をとり、進撃隊形は指揮官坐乗の伊22号を中心に南北に2隻ずつ、北より伊24号、伊16号、伊22号、伊20号、伊18号の順序とし、各艦の距離は20海里、ウェーク島とミッドウェー島の600海里圏より昼間は4ノット潜航、夜間水上航行は14ノットで進撃すること。開戦2日前の日没前まで真珠湾口100海里圏に達すること。特殊潜航艇、最終整備を行い真珠湾口を確認のうえ、予定時刻に発進。特殊潜航艇は湾内に潜入後、海底に沈座待機。指定の時間と同時に攻撃開始。以上」

古瀬は艦尾方向に一礼をした。

直立不動の姿勢で古瀬の言葉を聞いていた横川も、古瀬に倣い艦尾方向に一礼をした。

古瀬はゆっくり振り返ると、いつもの柔和な表情に戻り、寺内に微笑んだ。

「そのとおりだ。特殊潜航艇には俺が乗る」

「……」

「テラ、鋭いな」

「……人をコケにしやがって。何が横川だ」

寺内は古瀬の胸ぐらをつかんだ。

「熱くなるな。だけどひとつだけ間違いがある。特殊潜航艇には、ヨコも乗る」

「えっ……？」

「俺とヨコが乗る」古瀬は、直立不動の姿勢のまま艦尾を見つめている横川を見た。

「古瀬さん。それって、つまりは2人乗りということですか？」勝杜は突然の新事実に戸惑いながらも、古瀬に質問した。

「そうだ。2人乗りだ」

「伊16、20、22、24はどない意味ですか」北が尋ねた。

「連合艦隊初の空母を主体とした機動部隊は、補給船を含めて30隻、そのほか潜水艦の第六艦隊は潜水艦25隻が真珠湾に向かっている。そのうちの5隻、伊16、18、20、22、24の潜水艦に特殊潜航艇が搭載されている。つまり特殊潜航艇乗組員は合計10人いる」そう古瀬は説明した。

我が帝国海軍が開発した特殊潜航艇は世界で誰も見たことがない潜水艦で、それが2人乗りということも驚いたが、30隻の機動部隊と25隻の潜水艦が集結しての一大決戦という情報に、兵員室の男たちは興奮し全身が震えた。

「何なんだよーおまえたちは。ギリギリまで内緒にして驚かそうなんざ人が悪いなー。この色男のおやじ泣かせが」渡久保が古瀬と横川をからかった。

「ヨコ、そんな目出度い話をこのおやっさんに秘密にしとくとはいい度胸だ。罰として明日から晩メシ抜きだ」

「それは困ります。勘弁してください」横川は頭をかきながら笑った。

その会話をきっかけに、勝杜たちから笑い声が漏れはじめた。

「いやあ、たまげたわ。古瀬さんとヨコがアレに乗ってドン、なんですね」

「そうだ。アレに乗ってドン、だ」古瀬が豪快に笑った。

「したら古瀬中尉も歴史的な一発を撃つのですね」

「ああ、ドカーンと撃ってくるよ」

「すごいです、すごいことです」

勝杜は尊敬する古瀬と、後輩の横川のふたりが特殊潜航艇に乗りこむことが嬉しくて仕方がなかった。渡久保と北、大滝も、秘密の任務を与えられていた古瀬と横川の顔を誇らしげに見つめていた。なごやかな空気が満ちあふれた兵員室に、怒号が響いた。

「何でなんだよぉぉ」

嫉妬に狂った寺内の叫び声だった。

「何で俺じゃないんだよ、なんでおまえなんだ、なんで横川なんだ。そんなに俺は駄目か、古瀬よりそんなに劣っているのか。何で横川なんだ、どうしておまえみたいのが乗れるんだ、ええっ、何でなんだ⁉」

寺内は古瀬につかみかかっては叫び、横川にくってかかり、目をそらした北に平手打ちをくらわせ、勝杜や渡久保、大滝、二本柳にあたり散らした。

「ええ加減にせんか」大滝が呆れるように言った。

「決定事項やろが、ごちゃごちゃ言うな」

「俺は納得いかない。海軍、潜水艦の歴史に残る一発。誰よりも早い一発。そこに何で俺が選ばれないんだ」

「一発一発って何やねん。誰が最初に撃とうが、そんなものどうでもええやろうが。こだわんな。誰が一番二番やないやろが。みんなで一番になればええんちゃうんかい。敵はあっちやで、アメリカさんやで」と大滝は艦首を指さした。

「アメリカに最初の一撃をくらわす以上の仕事はない」

「アホか。仕事は腐るほどあるんじゃい」

「テラ、大滝の言うとおりだ。おまえにはおまえの仕事があるはずだ」

見かねた渡久保が寺内を宥《なだ》めようと近づいたが、寺内は渡久保を振り切ると、横川に詰め寄った。

「横川。2人乗りならなおさらだ。俺に譲ってくれ。な、頼む」

「寺内中尉、もうよしてください」北が悲しそうに訴えた。「よしてください、そんなみっともないことは……」

「みっともないだと？」

「もうええやないですか」

「口を挟むな」

激昂した寺内は北を殴った。北は倒れないように両足で踏ん張ったが、口の中が切れたのがわかった。悲しくなった。尊敬する寺内中尉が哀れに思えた。古瀬に負けるな、と寺内を煽った自分にも責任があると感じていた。

「中尉殿。しつこい男は嫌われるでーケケケ」大滝が寺内をちゃかした。

「やかましい」寺内が叫ぶより前に、北が大滝を怒鳴った。北は拳で口元の血を拭うと、横川の前に立って睨みつけた。

「横川、くれてやれ。その仕事、寺内中尉にくれてやれ」

「せや。それでこのゴチャゴチャも解決や」大滝がせせら笑った。

「嫌です」横川は北を睨み返した。

「くれてやれって」

「無理です」横川は目をひんむいて言い返した。

このガキャ……。下士官の分際で誰を睨んでるんや。調子に乗るな。北は横川の頰を力任せに殴った。返す刀でもう一発。横川の目は、北を睨みつけたまま微動だにしない。北は渾身の力をこめてもう一発殴って言った。

「そんなもの誰かが乗ってポンと撃てばええんやろが。あげたらんかい」

そんなもの、だと……。軽く言うな。どれだけの訓練をしてきたと思っているのだ。横川はさらに強い眼差しを北に向けて言い切った。

「無理なのです！」

「ふざけやがって。おまえがよくてなんで俺が無理なんだ」寺内が横川の胸ぐらをつかんだ。

「寺内中尉は長男だからです――」

「……え」寺内が横川を凝視した。

「自分は末っ子、古瀬中尉は三男坊。理由はそれだけです」

横川は鼻の穴を膨らませながら、寺内にはっきりと言った。

短い沈黙だった。

艦内のモーター音が低く、不気味に響いていた。

「なあ……。今の、どういう意味さ？」勝杜がおそるおそる尋ねた。

「それって……死んでもいいってことなのか？」渡久保が静かに聞いた。

横川は艦尾を見つめたまま、口を真一文字に結び、誰にも目を向けようとはしなかった。

「海軍は……上はふたりに死にに行けと言っているのですか？」二本柳の声は震えていた。

「ヨコ、そうなのか？　そんな命令が出ているのか？」勝杜が横川に問いかけた。

横川は天皇陛下がいる祖国の方角、艦尾を向いたまま直立不動の姿勢を崩そうとしなかった。

「ヨコ、答えろ！」

「……」

「答えろって言ってんだべや。こっちを見ろ。俺を見ろ」

別人になってしまったような横川の姿に、勝杜は泣きたくなった。

「ヨコ、どうしたんだよ……ヨコ」

そんな室内の様子を、バンドのボルト取り付け作業を無事に終えて戻ってきた宇津木が扉の外からじっと見つめていた。

古瀬は不安そうな男たちにいつもの笑顔を見せた。

「ハハ、何を言っているのだ、おまえらは。特殊潜航艇は真珠湾に潜り、魚雷をぶっ放して戻ってくる。たかがそれだけの任務だ。でも敵に見つかれば襲撃もある。そのときは死ぬかもしれない。死ぬのなら長男じゃない奴が選ばれたというだけの話だ」

「誰が信じるかよ、そんな話」寺内は古瀬を睨んだ。

「おまえたちは戻ってこないつもりだな」

一瞬、古瀬の顔が強張《こわば》ったが、「戻ってくるよ。テラは考えすぎだ」と笑った。古瀬は横川を見てここを出るぞ、と目で伝え、扉に向かった。

寺内は勝杜に命令した。

「勝杜。このふたりを外に出すな」

「は、はい」勝杜は扉の前に走って、両手を広げた。

「おまえたちは魚雷を撃つのではなく、魚雷を積んだ特殊潜航艇ごと体当たりをする気なんだろうが」寺内は古瀬の背中に言葉をぶつけた。

扉に向かって歩いていた古瀬と横川の足が止まった。

ふたりの呼吸は早鐘をうつように速くなり、鍛えあげられた胸の筋肉が激しく動きだした。

古瀬は唇を小さく噛んで寺内を睨んだ。

どうしてそんなことをこの場で言うのだ。「体当たり」――それは誰にも知られたくない言葉なのだ。自分たちが選んだ道なのだ。これだけはほかの乗組員に知られたくなかった。なのに、どうして下士官たちもいるこの場所でそれを言うのだ。どうして皆に心配をかけるようなことを言うのだ。

「俺が戻ってくると言ってるんだ、ほかにどう答えろというんだ」

古瀬の目は充血していた。その目を見て寺内は確信した。やっぱりそうなのだ。

こいつらは……こいつらは……。

「おまえらはバカか、古瀬も横川も大日本帝国海軍も大バカだ」

「寺内中尉、何を言わはるのですか」寺内の帝国海軍批判に、北は目の色を変えた。

「兵器での戦いじゃなく、魚雷を抱えて突っこめって何なんだよ」

「そんなことはしない。俺たちが戻ると言ってるんだ、だったら戻る」

「戻るだと？」

寺内は一呼吸おいてから、古瀬を睨み見た。

「戻ってくるためには発信音を出す。こっちも発信音を返す――」

「発信音？　そんなことをしたらアメリカに傍受されます」二本柳の声が震え、大滝が「傍受？　ちょい待てや」と恐怖を感じた。

「責任感の強いおまえは、そのくらいの計算はできているはずだ。この艦の位置がバレるような真似は死んでもしねえってな。俺は認めないぞ。こんな戦い方は断じて認めない。横川、戦闘中に死ぬんじゃないんだぞ。戦争を始める前から死ぬことを命じられて戦うなんてことがあっていいのか、ええ」

横川は寺内の顔をじっと見つめていた。

これ以上、古瀬中尉と自分の任務をコケにされてたまるか。言いたい放題にされてたまるか。その日、そのときのために、自分たちがどれだけの涙と汗を流してきたと思っているのだ。それを知らずにこの人は、寺内中尉は好き放題に叫んでいる。古瀬中尉の苦労も知らないで、何を吠えているのだ。一兵卒の自分をコケにするのならまだいい。許せないのは、海軍兵学校出身というエリートなのに、この任務を拝命せざるを得なかった古瀬中尉の苦しさと悲しさを踏みにじることだ。寺内中尉、もうそれ以上は叫ばないでください。我々の任務を愚弄《ぐろう》するのはよしてください。古瀬中尉を悲しませることを言うのはやめてください。

寺内中尉、あなたはどうしたいのですか。我々の任務を止められると思っているのですか。我々はその日のために生きてきたのです。誰も止められないのです。言いましょうか、それですべてがすむのなら言いましょうか。この言葉を聞けば満足してもらえますか。この言葉を言えば我々にはもう何も隠しごとはなくなります。

そうだ、それでいいのだ。言おう。

感情が高ぶった横川は、寺内を強く強く強く睨んで言葉を吐いた。

「体当たりをしてきます」

「……」

寺内は息をのみながら横川を見つめた。

古瀬は横川を見ていた。横川の顔から邪気が消えたのを感じた。横川の目は輝きを放ち、頬が少し赤らみ、晴れやかな表情に変わっていた。

古瀬は思った。ヨコ、そうだったのだな、その言葉が最善だったのだ。俺は少しでも隠そうとしていた。だが間違っていた。すべてを話すことが大切だったのだ。みんなにわかってもらう時間が必要だったのだ。俺たちだってそうだった……。この任務を受け入れるのには時間がかかった。任務を拝命したその夜は泣いた。翌日も、その翌日も何日も泣いた。死ぬのだからな。そりゃつらいさ。だが同志がいた、仲間がいた、俺の艇付きにヨコがいた。秘密を共有する仲間がいたから乗り越えてこられた。俺は今日、今このとき、心の奥にズシンと居座っていた重石《おもし》がなくなった気分だ。ヨコ、ありがとう。ヨコ、おまえはいい顔をしている。すまなかったな、今まで苦しい思いをさせてしまった。俺はおまえと一緒なら何だってできる。

「散ってくるよ」

古瀬の言葉に男たちは凍りついた。

「ヨコとふたりで駆逐艦1隻と300人は沈めてくるよ」

古瀬は兵員室にいる男たちに、特殊潜航艇の任務を爽やかに伝えた。

兵員室はシンと静まり返った。

勝杜は足の震えが止まらなかった。

体当たり。散ってくる。その言葉の意味することは、すなわち「死」である。Xデーとされた真珠湾攻撃の日、その日に古瀬と横川は死ぬ。このふたりは、その使命を帯びてこの艦に乗りこんでいたのだ。古瀬と横川が死ぬ。う、うそだ……。

「ガツンと頼むぞぉお古瀬ぇ、横川ぁ！」

扉から入ってきた宇津木が突然、怒鳴り声をあげた。

「はい」ふたりは笑って答えた。

そうか、整備長の宇津木だけはこの作戦の真実を知っていたのだと、男たちはすぐに理解した。

寺内が古瀬の肩をつかんで訴えた。

「古瀬、よせ、よすんだ。そんな死に方はバカげているとなんでわかんねえんだ」

「花火だよ」

「花火？」

「ああ、そうだ花火だ。海の中にパーッと咲かせてくる」

古瀬は天に向かって両手を広げて、打ち上がった花火が夜空に広がる真似をした。その姿に大滝は惚れ惚れとした。これぞ帝国海軍の男だ。

「よっしゃあ」大滝は武者震いとともに吠えた。

「いいねーそんな男は今までいなかったもんなー。古瀬、横川、男になってこいよ」ふたりを笑顔で送り出したい宇津木は、楽しそうに叫んだ。

「うるせえんだよ、おまえは」渡久保が怒鳴った。

「古瀬中尉、ハデにいきましょー」

「おおおお！」

横川と古瀬は互いを鼓舞するように雄叫びをあげた。

勝杜は頭がおかしくなりそうだった。

目の前にいる古瀬さんとヨコはもう、自分が知っているふたりではない。目が違う。頭の中の思考も、心も何かに侵されている。いつもの冷静な古瀬さんはどこにいってしまったのですか？　いつもの素直なヨコはどこにいってしまったのだ。何が体当たりだよ、何が散ってくるだよ、何が駆逐艦1隻と300人を沈めるだ。そんなことをしたら死んでしまうんだ。何を言っているのだ、何をほざいているんだ、なして笑ってそんなことを言っているんだ。生きてこその人生だべさ、軍人になったのだから、死が隣り合わせなことは知っている。でも……体当たりって何なんだ、散ってくるって何なのさ。頭が痛い。吐き気がする。気が狂いそうだ。息が苦しい。勝杜はこらえきれずに叫んだ。

「嘘だあー。ふたりは必ず戻ってくる。いつもの冗談さ。冗談言うつもりが引くに引けなくなって、そうですよね、古瀬さん。そうなんだべ、ヨコ。全部嘘なんだべ、なっ、なっ」

「往《い》ってまいります」

横川は笑顔を見せた。

「なしてそんなこと言うのさ」勝杜は悲しくなった。

「ニッポンのためです」

「男や、それでこそ男や。日本男児バンザーイ」大滝が両手を挙げて万歳をした。

「そんなのはニッポンのためじゃない」

「なんやと勝杜。貴様、それでも日本男児か」

「ヨコ、約束をしろ。帰ってくるって約束をしろ」

「家族のために、往ってまいります」爽やかに横川は微笑んだ。

「そんな死に方、家族が喜ぶわけねえだろうが」寺内が横川にくってかかった。

「ではお聞きします。喜ぶ死に方はどこにあるのですか」

「じゃあ死ぬな」そんな答えはないからこそ、寺内は自らの願いを吠えた。

「中尉、これが戦争なのです」北は寺内を諌《いさ》めるように叫び、大滝は狂ったように「大ニッポン帝国海軍バンザーイ」と繰り返し兵員室を練り歩いた。

「うるせえんだ、おまえらは」北と大滝に怒鳴り声をあげた寺内は、横川に懇願するように言った。

「横川、行くな」

「命令なのです」

「死んだら意味がねえんだよ」

「祖国のために、死ぬ意味はある」

古瀬は強い眼差しを寺内に向けると、晴れ晴れとした表情でそう言った。寺内は古瀬のその表情も気に入らなかった。

「おめえらがやろうとしてることは無駄死になんだよ。犬死になんだ」

古瀬と横川の表情が険しくなった。

「テラ、いい加減にしてくれ」

古瀬は訴えるように怒鳴った。

「俺たちの名誉は海の中で死ねることだ、違うか？　違うのか⁉」

海の中で死ねる名誉。それは海軍兵学校で習ったことだった。もはや寺内に言い返す言葉はなかった。

横川は再び艦尾に向かって直立不動の姿勢をとり、己の誇り高き言葉を声高らかに叫んだ。

「それが大日本帝国海軍でありまーす」

「大日本帝国海軍」

この言葉に男たちは背筋を伸ばした。

寺内は、古瀬に向けて最後の言葉を振り絞った。

「……だけどよ……そんな命の捨て方があるかよ……」

「捨てるのではない。俺たちは命を使うのだ。意味をもって使うのだ」

古瀬も寺内の気持ちは痛いほどわかっていた。寺内の肩に手を置くと、爽やかな表情に戻って横川と扉に向かって歩きだした。

扉の前には勝杜が立っていた。寺内に言われた命令を守ろうと、涙と鼻水でぐしゃぐしゃになりながら両手を広げた。

「古瀬さん、駄目です……。ヨコ、行っちゃ駄目だ……」

「おまえは邪魔じゃ」北が勝杜をベッドへ投げつけた。

古瀬と横川は颯爽《さつそう》と兵員室を出ていった。


古瀬と横川が消えた兵員室内に、勝杜のすすり泣く声が微かに響いた。

大滝は帝国海軍発案の特殊潜航艇による戦闘作戦に心が躍り、古瀬と横川の運命を理解した渡久保は呆然と立ち尽くし、特殊潜航艇の任務を知った二本柳は恐怖で足が震え、北はベッドに力なく座りこんだ寺内をずっと見つめていた。

寺内は頭の中が整理できなかった。祖国発展のためには石油や資源は必要だ。だから戦争になることはやむを得ない。しかし……死ねと命じられた作戦が本当に正しいのか……それは理解ができない。大国アメリカと戦争をするということは、つまりこういうことなのか……。こんなことが正論となったその先に、帝国海軍の未来はあるのか……。

「おい、寺内中尉殿、おめえは何を言った」

寺内が顔をあげると、怒りで顔が真っ赤な宇津木が立っていた。

「想像をしろ」

「……想像？」

「魚雷抱えて敵駆逐艦に体当たりすることを想像しろ。できるのか？　死にに行くと決めた男に、おまえは何を言ったかわかっているのか？」

宇津木の瞳に悔し涙が流れていた。

「犬死にって何だ」

寺内はハッとした。すぐに自分の言葉の罪深さを思い知った。

「犬死にだと？　このやろ、このやろ」宇津木は渾身の力で寺内の首を絞めた。このやろ、このやろと宇津木が絞めるたびに、寺内の顔から生気が消えていった。

「犬死にって……それはねえだろよ。突撃を覚悟した男にそんな言い方はねえだろよ」

「そうだな、その通りだ、だがもうよせ。よすんだ」

渡久保が宇津木の腰にしがみついて、寺内から引き離した。

兵員室に重苦しい空気が漂ったとき、沈黙を破る言葉が響いた。

「犬死にですよ」

男たちは二本柳を見た。

「日本がアメリカに勝てると本当に思っているのですか」

「余計な口を挟むな」渡久保が咎めるのも聞かず、二本柳は続けた。

「アメリカの国土、日本の何倍あるか知っていますか？」

「関係ない。日本は勝つんじゃ」大滝は言い返した。

「兵隊の数がどれだけ違うか知っているのか。空母、戦艦、飛行機、駆逐艦、潜水艦。日本とアメリカの軍事力の規模がどれだけ違うか知ってんでしょうが。どこをとっても我が国がアメリカに勝てる要素はないんです」

宇津木は血走った目で二本柳を睨み、大声で言い返した。

「うるせえ！　勝つんだ。俺たちはあいつらと一緒に勝つためにここまで来たんだ」

二本柳は次の言葉に一瞬、躊躇《ちゅうちょ》した。

その言葉を口にすると自分自身も悲しくなることはわかっている。アメリカと戦争になれば家族、祖国がどのような運命をたどるか想像できる。言いたくはない、だが言わなければ、このわからず屋の頑固者たちに知ってもらうためには、言わなくてはならないのだ。

「可能性は、ゼロです」

ゼロだと……？

ふざけやがって……ふざけやがって……。勝杜が、おおおおーと突進し、振り向いた二本柳の左の頬を殴った。二本柳は床に吹っ飛び、勝杜は馬乗りになって叫んだ。

「それ以上喋んなや」

「また暴力ですか。戦争は拳じゃないんです。最新の兵器だ。兵器で戦うのです。そんな時代に魚雷を抱えて突っこむことしか考えていない日本が、大国アメリカに勝てるわけないでしょうが」

「うるさいんだよおまえはー。喋んな、喋んな、喋んな」

「勝てるわけないんです」

「貴様ー」

振りかざした拳は空を切り、勝杜は逆に二本柳に一撃をくらい、床に倒されると馬乗りされた。

二本柳は勝杜の耳元にこれでもかと叫んだ。

「不意にやったらどんな奴だって殴れるに決まっている。それが日本の戦争のやり方です。用意周到の宣戦布告。だけど正面向いて勝負されたら、日本は今のあなたと同じだ。勝てるわけないいんです」

「うっせえ、勝つんだ」

「勝てるわけがないんです」

「勝つ、日本は勝つ」

「勝てるわけがないんだ」

勝杜の希望を二本柳は言下に否定した。勝杜の目に悔し涙が浮かんだ。全身から力が抜け、押さえこまれた体は動くことも逃れることもできず、耳元で「勝てるわけがない」と何度も叫ばれ、涙があふれた。

それまでふたりを静観していた大滝が二本柳の背後に立ち、首根っこをつかむと自分の目の前に立たせた。

「ほなら正面切ってやってやるちゅうねん。こいよホラ、かかってこんかい」

「何度言ったらわかるんだ、拳じゃ何の解決もできないんだ」

「能書きはいいっちゅうねん。こい。殴れ、殴ってこい」

「どうしてそうなんだ。どうして真剣に考えようとしないんだ」

「じゃかましいわ、このガキ」大滝は堪えきれずに手を出し、北が大滝に加勢した。

「おまえら、たいがいにしろ」

止めたのは渡久保だった。3人の男たちはやるせない咆哮をあげながら三方に散ると、重い沈黙が兵員室を支配していった。勝杜の嗚咽《おえつ》が聞こえてきた。

「日本は……勝つ……日本は……勝つ……」

「泣くな。男なら泣くな」

そう言った宇津木の顔も涙で濡れていた。それを見た勝杜は、子どものようにむせび泣いた。


ほどなくして、ひとり兵員室に戻ってきた横川の声が聞こえた。

「お願いがあります」

「ヨコ……」

勝杜は床を這いつくばって横川に近寄った。

「さっきの話、ほかの人には内緒にしておいてください。自分たちは普通に出ていきたいのです」

「普通……？」

「古瀬中尉は知っています」

「……知っている？」寺内が聞き返した。

「世界を回ってきたあの方が知らないわけありません。この戦争が正しくないということも、アメリカとの技術の差も国力の差も知っています。でも自分たちの任務に意味を持とうと言われました。ふたりで３００人撃沈。『海軍はすごい。海軍はすごい奴らだ』、国民に海軍のすごさを見せつけてやります」

横川は力強く、そう言うと笑顔を見せた。海軍の誇りのために この任務を成功させたい、横川の顔は充実感に満ちあふれていた。

「やめるわけにはいかないのか」渡久保がつらそうに言った。

「自分がやらなかったら誰かが替わりに行かされます。だから俺でいいんです」

「なんでヨコなんだよ」勝杜は悲しかった。

「恩返しです」

横川は新兵が夢を語るように楽しそうに語りだした。

「海軍に入り初めてワイシャツを知りました。靴下を履かせてもらいました。靴を履かせてもらいました。自分は貧しい農家の男です。真っ白な制服を着させてもらいました。呉海兵団、海軍水雷学校、海軍潜水学校、国のお金で勉強させてもらいました。巡洋艦に乗ってアジア、ヨーロッパを視察させてもらいました。国から給料もいただきました。病の兄を医者に診てもらうことができ、姉は白いごはんを食べることができました。おかげで家が救われたのです。海軍サマサマです。海軍が私の家族を救ってくれたのです。その海軍が自分を指名したのです。断る理由が見つかりません。見つからないのであります」

横川の顔に涙はなかった。満面の笑みだった。艦尾を見つめて深々と頭を下げた。

「悪かったな。ケーキだめにしちまって……」寺内が声をかけた。

「渡久保さんに言ってあげてください」

横川は優しく微笑むと、兵員室を出ていった。


勝杜の目からポロポロと涙がこぼれ落ちた。涙が止まらなかった。古瀬が「この戦争は正しくない」と言っていたということ。「アメリカとの技術の差と国力の差を知っている」と言っていたということ。「散ってくる」と笑いながら言った古瀬。海軍に入ったから家が救われた、と言った横川。断る理由がない、と笑顔で言いきった横川。貧しい家柄同士、横川の気持ちは痛いほど感じた。宇津木に泣くなと言われたが、泣いた。

宇津木は目を閉じながら古瀬と横川のことを考えていた。

「この作戦の訓練は1年前から実施されていた」

ポツリと打ち明けはじめた。

「愛媛県の三机村。古瀬たちが合宿していたあの村の湾、真珠湾に似ているんだ。そこであいつらは別メニューで秘密の訓練をしていた」

「じゃあふたりは1年前から死ぬことを覚悟していたのか……」寺内の声は震えた。

渡久保が小さく呟いた。

「人間じゃねえよ……。あんなことをやろうとしてんのに、365日、毎日笑って、バカやって今日まで生きてきたなんて人間じゃねえ。……神業だ」

渡久保の目は真っ赤だった。

宇津木は涙を隠すように兵員室を出ていった。

潜水艦乗組員の生きざまを見せつけられた大滝は、打ちのめされたようにベッドに座ったまま動けないでいた。二本柳は横川という男の悲運を知り、悲しみに包まれていた。北は自分の腕を噛んで嗚咽を押し殺した。

寺内は古瀬のことを考え、勝杜は床にうずくまったまま頭を抱えていた。


そこに村松がやってきた。

特殊潜航艇を取り付けるバンドの補修作業を終えた村松は、補修作業での自分の活躍ぶりを自慢しようと後部兵員室に向かって歩いてきたのだが扉の前で泣きじゃくっている永井を見て、何があったのだろう……と兵員室に入ると、床にうずくまっている勝杜と口元から血を流している二本柳が見えた。またケンカか……そう思ったとき、寺内が声をかけてきた。

「軍医は知っていたのですね、古瀬のこと」

「……」

村松は察した。この男たちは古瀬と横川のことを知ってしまったのだ。

「それで毎日体調をチェックして……。ふたりだけを診ていたら怪しまれるから俺たちもついでに診ていたのですね……」

「彼らは特別だが、特別ではありません。私にとっては皆、大切な命です」

村松ははっきりとそう言って、次の言葉を寺内に添えた。

「古瀬中尉は言っていました。『テラは人気者だから、いずれいい艦長になる』と」

「え……」

寺内は瞬時にあの日の会話を思い出した。練習艦「八雲」でホノルルに入港したときのことを。

「古瀬。すごい艦隊だな。俺たち必ず艦長になろうな」

古瀬は何も答えず、ただ微笑んでいた。あのとき古瀬は何を考えていたのだろう。自分の未来をどう思い描いていたのだろう。古瀬のことを思うだけで切なくなった。

「笑いなさい。我々は明日をも知らない運命です。それならば笑っていたほうが楽しいに決まっています」村松は必死に笑顔を見せた。それは寂しそうな笑顔だった。

「医者なのに救えない命がある……。悔しいです、あなたたちは絶対に死ぬな」

村松は背を向けて兵員室を出ていった。

堰《せき》を切ったように、男たちの嗚咽が響いた。

大滝は涙を見せまいとし、二本柳は唇を嚙み、北は奥歯を嚙みしめて兵員室をあとにした。

扉の外の通路には永井が佇んでいた。

作業員とともにバンド補修作業を終えた永井はその足で厨房に戻り、以前、渡久保から頂いた菜箸やお玉などの調理道具を返そうと、手ぬぐいに包んで兵員室にやってきたとき、扉の外で古瀬と横川が還《かえ》らぬ人となる話を立ち聞きしてしまったのだ。

「潜水艦は腹で乗るのだ」

渡久保が、床に座りこんでいる勝杜に語りかけた。

「メシの旨さによって乗組員たちは力が出る。俺は古瀬と横川のために最高のメシを作る」

渡久保は鼻水をすすりあげ、ニカッと笑って出ていった。扉の向こうに永井がいた。永井は渡久保に頭を下げて、その背中を追って歩き出した。

兵員室には寺内と勝杜だけになった。

「勝杜。おまえ日記を書いているんだろ？」

「……」

「書け。古瀬と横川のことを書いてやれ」

「……はい」

勝杜は声にならない返事とともに頷いた。

13章　日米決裂

『全世界が未だ予期せざる人間魚雷特殊潜航艇を搭載せり』

昭和16年11月23日の日記

勝杜は手帳を開いた。日記の頁をめくりながら、軍医の村松が艦長には秘密だと前置きをして「目的は戦争です」と言った日、11月20日のことを思い出していた。

あのとき、古瀬さんはどんな気持ちで、あの場にいたのだろうか？「相手はアメリカです」と村松軍医が言ったとき、古瀬さんは俺たちと一緒になって歓喜し、雄叫びをあげて、まるで初めて聞いたかのように演じていた。

あれは……。特殊潜航艇乗組員として、この艦に乗りこんだ時点から死への秒読みが始まっていた古瀬さんは、俺たちとの思い出をつくろうとしていたのかもしれない。北の情報から、特殊潜航艇乗組員がヨコと予期せず判明してしまい、テラさんから執拗な嫌がらせを受けたヨコのために仕返しをしようと提案したのも、本当の目的は思い出づくりだったのかもしれない。この世での、最後の、大笑いを、戦友たちと味わいたいと考えていたのかもしれない。

振り返れば、古瀬さんはいつも笑っていた。ヨコのことをいつも思っていた。優秀な士官として古瀬さんは今回の秘密裏の任務を拝命した。だがヨコは違った。海兵団出身のヨコがこの任務を命じられた理由は、貧しい農家の出で、長男ではないからだと言っていた。もちろんヨコの能力とそれまでの努力への評価はあっただろうが、古瀬さんはヨコに少なからず同情心を抱き、そんなヨコのために、この世で最高の想い出をつくってあげたいと考え、艦内で誕生日を祝ってあげようと言いだした……きっとそうに違いない。

勝杜は日記の頁をめくった。村松軍医が出港の目的を洩らした翌日、乗組員全員が前部兵員室に集められ、艦長の訓示を聞いたときの文字を見つめた。


『昨日より待望の艦長の総員集合。昼食後、前部兵員室において開始せられて、行き先及び此れからの行動及び作戦に対する注意事項及び覚悟が迫られたり。「目的地はハワイ真珠湾パールハーバー軍港。ただ今来栖大使が調整中であるが、これは期待薄し。十中八九は覚書きなし。必ずや戦端を関わられる予定に就き、この成果は来月四日頃までに判明せるにつき、若《も》し不成功に終らば十二月八日早朝を期して攻撃を開始するに就き、それまでにハワイ附近に肉薄して敵を撃滅せんとす。各員全力を発揮すると共に、天佑神助《てんゆうしんじょ》を確信する」。此処に

おいて我々の行き先は明らかとなり覚悟は決まり戦じして敵をのむ』

昭和16年11月21日の日記

11月24日、特殊潜航艇と特殊潜航艇乗組員に関する詳しい情報が、正式に艦長から知らされた。

ハワイを目指して航走しているのは補給戦隊として補給船4隻。大機動部隊、戦艦「霧島、比叡」。航空母艦「赤城、加賀、翔鶴《しょうかく》、瑞鶴《ずいかく》、飛龍、蒼龍」。重巡洋艦「利根、筑摩」。駆逐艦・三駆逐隊。空母から発進するのは戦闘機43機、水平爆撃機49機、急降下爆撃機51機、電撃機40機の合計183機を第一次攻撃隊として多数。横須賀軍港から第一潜水戦隊「伊15号、伊17号、伊19号、伊21号、伊23号、伊25号」。要地偵察隊の「伊10号、伊26号」。第二潜水戦隊「伊1号、伊2号、伊3号、伊4号、伊5号、伊6号、伊7号」。佐伯軍港からは第三潜水戦隊として「伊8号、伊68号、伊69号、伊70号、伊71号、伊72号、伊73号、伊74号、伊75号」。そして呉軍港からは「伊16号、伊18号、伊20号、伊22号、伊24号」。帝国海軍が誇る錚々《そうそう》たる精鋭部隊の数に乗組員たちは驚いた。

さらに特殊潜航艇を搭載した潜水艦伊16号、18号、20号、22号、24号。当艦を含めたこれらの5隻を「特別攻撃隊」と呼ぶ、と訓示されたとき、乗組員たちは誇りを感じ、艦全員の目的が明確となり、古瀬と横川のために無事に送り出してあげようと一致団結の気持ちがいっそう芽生えた。

帝国海軍万歳、と乗組員は口々に叫んで鼓舞し合った。

『煙草盆はこの話で持ち切りとなる。戦艦、航空母艦などはすでに轟沈撃沈されている状態。艦は13ノットでハワイ真珠湾を目指して、猛進する荒波を堂々乗りこえて行く雄々《おお》しさよ』

昭和16年11月24日の日記

煙草盆に集まった乗組員たちが語り合っていた。

「5艇の特殊潜航艇とは驚いたな」

「俺が何より驚いたのは横川だ。古瀬中尉はわかるが、横川は一等兵曹だ。見るからに普通の男だ。これが不思議だ」

「まったくだ、ハハ」

「特殊潜航艇で男をあげて戻ってきたら、2階級特進だな」

「いや、海軍の歴史に名前を残すのだ。3階級はあがるぞ」

勝杜は彼らの会話を黙って聞いていた。

この乗組員たちは知らないのだ。昨日、古瀬と横川が自ら語ったふたりの運命を。特殊潜航艇搭乗員がこの艦に還ってこないということを……。

「暗い顔になっているぞ」勝杜の隣に宇津木が座った。周りを見渡すと、いつのまにか煙草盆には勝杜だけになっていた。

「約束をしたはずだ。笑って送り出すと」宇津木は湿気《しけ》った煙草に火をつけた。

「聞いていいですか？」

勝杜にはあの日、甲板で宇津木と北と一緒に特殊潜航艇を見たときから抱いていた疑問があった。宇津木が「なんだ？」と応じた。

「特殊潜航艇。性能はどうなのですか？」

一瞬言葉に詰まった宇津木は、静かに口を開くと「慌ただしかった……」と呟いた。

アメリカとの関係悪化が伝えられるようになり、この夏に横須賀と呉の整備員たちが艤装員として佐世保工廠に集合させられ、新たな艇の完成を目指しての突貫工事を始めると言われた。それが特殊潜航艇の製造だった。噂には聞いていた乗り物だが、自分の手でその怪物を造ることになるとは思っていなかった、と宇津木は言った。

「怪物？　そんな噂があったのですか？」

「あった……」宇津木は頷いた。

１９３２年（昭和７年）、当時の艦政本部、水雷兵器担当であり酸素魚雷考案者の岸本鹿《か》子治《ねじ》大佐が人間魚雷的潜航艇を考え、それ以降、試作と改良が繰り返されているという噂だった。佐世保工廠に集められた宇津木たち艤装員の目の前に、昭和14年に造られていた特殊潜航艇があった。宇津木の仕事は八九式53センチ魚雷を九七式45センチの酸素魚雷に替え、短波無線装置を取り付けることだった。噂の特殊潜航艇を目の当たりにした艤装員たちは皆「俺たちの手ですごいものに仕上げよう」と夢と自信にあふれながら作業に取りかかった。

「とにかく毎日、急げ、急げと言われた。完成させたのは11月の上旬だった。次に呉に持ってこいと言われたが試験潜航はまだできていなかったので、仕方なく呉軍港に向かう途中に試験潜航をさせた。１回目は失敗。２回目も失敗だった。３回目でなんとか成功といえる程度の潜航をしたが、呉に持っていってから調整と修理をするものだと艤装員全員が考えていた。……呉軍港に入港したのは11月10日だ」

「えっ？　11月10日って……」

勝杜は目を丸くした。

「そうだ。俺たちに行き先も目的も知らせぬまま、潜水艦への乗艦命令が出た日だ。あの日、11月10日、特殊潜航艇を伊18号に搭載せよ、と命令された。俺たちが呉を出港したのは18日だ。この短い時間で、何ができる？」宇津木は悔しそうに言葉を吐いた。

呉軍港を出港した伊18号は、海軍兵学校がある江田島の先の倉橋島にある「亀ヶ首」で特殊潜航艇を搭載する際に発進訓練や潜航訓練を行ったが、潜航のときに海面に大量の泡が噴き出した。宇津木たち整備員が慌てて調べるとメインタンクの鋲《びょう》を打つべき箇所に木栓を差しこんだままの状態だったことが判明し、艦長に修理を要請したが、出港の日にちは変更不可と言われ修理もできずにそのまま搭載した。宇津木にもこの時点では目的地と目的は明らかにされていなかった。

「ハワイに持っていくなんて思いもしていなかった。何が悔しいかといえば、古瀬と横川が三机村の湾で訓練をしていたのは、以前の試作艇だったということだ」

「じゃあ……今、積んでいる特殊潜航艇での訓練は……」

「一度もしていない」

宇津木の言葉に勝杜は唖然とした。

「だが安心してくれ。出港してから今日まで、毎日、検査と手入れをしたおかげで、性能は抜群によくなった」宇津木は微笑んだ。

「え？　毎日ですか？」

特殊潜航艇は目的地に着けば一発勝負となるため、水上航行中に特殊潜航艇の検査と手入れをするしか方法がなかった。実は古瀬と横川は乗組員たちの目を盗んで、宇津木や整備員らと毎日甲板に上がり、224個の充電池の充電状態、空気の補充、固定バンドの検査、波浪で劣化していく充電線などの検査をしていた、と宇津木は明かした。

「したら、宇津木さんも一緒に甲板にのぼっていたのかい？」

「あたりまえだ。俺は整備長だ」

「ずっこいな、俺もこっそり誘ってほしかったわ……太陽を浴びてぇなあ……」

勝杜の心からの願いだった。

潜水艦乗りの中で羨望の的の任務の一つに見張り員がある。

潜水艦は長時間潜航が続くと艦内の空気が濁《にご》り酸素の量が減り、艦内気圧が高くなるため、乗組員たちの呼吸が浅くなり、めまいや頭痛を起こしてしまう者もいる。艦内には空気清浄機が取り付けられてはいるが、酸素消費量の増加と気圧上昇を防ぐため、用事のない乗組員たちは極力睡眠をとるようにと命じられていた。このとき、乗組員たちが思うのは太陽と空気のありがたさだ。だから水上航行のたびに甲板に上がり空気を腹いっぱいに吸い、日差しを体いっぱいに浴びている見張り員の仕事が羨ましいのだ。

「太陽の日もあったが、滝のような嵐の日もあった」

宇津木は懐かしそうに話を続けた。

「そのときは古瀬も横川も命綱で体を縛り、波にさらわれないように作業をしていた。カバーを外し、特殊潜航艇の検査と手入れをし、再びカバーを被せる。嵐や突風の日には、整備員が死ぬかもしれないというときもあった。そういう日は俺たちは叫び合った。死ぬな、と」

宇津木の顔から笑顔が消えた。

「古瀬と横川をハワイに連れていくまで俺たちは死ぬな、と言い合った。ここで俺たちが死んだら古瀬と横川がつらくなるからだ」

敵艦と間違えて急浮上した際に固定バンドの一本が外れたとき、宇津木は気が狂うほどに狼狽したが、万が一にも特殊潜航艇が落ちて海底に沈むことにでもなったら腹を切ろうと思っていた、と言った。

勝杜は黙って聞いていた。

「特殊潜航艇は日本の夢だ」

宇津木はそう言うと勝杜の肩を軽く叩いて立ち上がった。

「悪かったな、こんな話をしてしまって。だが誰かに言わなければ頭がおかしくなりそうだった……」そう言い残して、宇津木は去っていった。

勝杜はその背中を見送りながら天井を見上げた。この上には甲板でカバーを被った特殊潜航艇がある。

いったい何ということだ……敵に体当たりするという非道な命令を下しているにもかかわ

らず、肝心の特殊潜水艇は準備不十分なまま出港させられていたのだ。勝杜はやるせない気持ちになっていた。

『海上は静穏時に進路を誤った鴎《かもめ》が珍しげに本艦をながめて飛翔している』

昭和16年11月25日の日記

通路を歩いていた勝杜に古瀬が声をかけた。

「俺はこれから甲板に行くが、一緒に行ってみるか」

「駄目です。甲板なんて……作業以外のことをしたら艦長にドヤされます」勝杜は一応は断りつつも、甲板に上がって新鮮な空気を吸えるのかと、心が弾んだ。

「俺が一緒だ。大目に見てくれるさ。こい」

甲板に上がった勝杜は何度も大きく深呼吸をしながら、艦と並行して飛んでいるカモメを眺めていた。

「ハワイに来るのは二度目だ」古瀬が呟いた。

「2年前、練習艦の八雲に乗ってあの島に行った。美しい島だった。四方を海に囲まれ、山も森林もあり、自然があふれていながら町には活気があり、人々は陽気で、軍港にはいくつもの艦が浮かんでいた」

古瀬は懐かしそうに話を続けた。

「土産を買ったんだ。父親にステッキと煙草ケース。母親にはサンゴの帯留めと指輪。帰郷してそれらを渡したときの、両親のあの笑顔は今でも忘れられない。嬉しそうだった。『ハワイという国はどんなところなんだ』と質問攻めにあった。『ああいう国を楽園と言うのでしょう』と教えると、母親が言ったんだ、『いつか行ってみたい』。俺は答えた『はい、いつか一緒に行きましょう』――」

古瀬の言葉が一瞬、途切れた。

「だがそれは叶わないことになってしまった。ハワイが俺の墓場になるとはな」古瀬は寂しそうに微笑んだ。

後部甲板でカバーに覆われている特殊潜航艇を勝杜は見つめた。

宇津木の話によると、古瀬と横川はこの特殊潜航艇に試乗すらしていない。おそらく航空隊の連中は真珠湾への攻撃に向けて何十時間、何百時間もかけて訓練と反省と研究を積み重ねているはずだ。だが特殊潜航艇の乗組員にはその時間が与えられなかった。帝国海軍はどうしてこんな無謀な作戦を考え、実行しようとしているのだ……。心の中で問うたが、誰もその答えを教えてはくれなかった。

「ヨコの奴、遺書を書いていないらしい」古瀬が不意に話しだした。

「なぜ書かない？　と聞いたら、自分は無学なので人並みのことはできません、とこうきた。最後の親孝行だ、手紙を書いて勝杜に託せ、と言ったのだが頑なに拒む。士官の俺にあれほど反発するのだから、それがあいつの生き方なのかと、俺も二度とそのことに触れるのはよそうと割り切った。だが……やはり俺には心苦しさがある」

「心苦しさですか？」

「訓練に参加した当初、ヨコは自分が特攻要員だとは思っていなかった、と思う」

「え……」勝杜は驚いた。

「俺は特殊潜航艇乗組員の任を命じられたとき、心が震えたのを覚えている。海軍の中でも極秘扱いの任務を命じられた5人のひとりになれたのだ。そりゃあ嬉しかった。心が躍るというのはまさにあのことだ。間もなくして、俺たち5人の士官に艇付きの5人の下士官がつくことになった。その中にヨコがいた。この時点でも艇付きの下士官と俺たちには特殊潜航艇の真の目的は明らかにされてはいなかったが、俺たち士官は海軍兵学校の授業で昭和7年に岸本鹿子治大佐が着想した人間魚雷的潜航艇のことを習っていたので、おおよその見当はついた。ま、それはすべてが推測の域を出なかったがな。だがヨコは違う。士官について極秘の任務を遂行すべし、とだけ考えていたはずだ。訓練地に来て、初めて自分の運命を知ったと思う。だからといって弱音を吐いたり、逃げ出そうとすることはなかった。ヨコは、自分の運命をそうやって受け入れた……。愚直な男だから士官と下士官との距離感を保ち、当初なかなか心を開かなかった。あいつは典型的な剛毅木訥《ごうきぼくとつ》の男だ」

「はい。典型的な剛毅木訥の男です」勝杜は横川のことを思いながら同じ言葉を繰り返した。

「だが本質はおちゃめな奴だ」

「はい、そうなんです」

「それがわかったのは、若宮旅館のみどりちゃんのことだった」

「ミス・グリーン！」勝杜は思わず声を上げた。

「あるとき、ヨコに『ミス・グリーンに惚れているだろ』とからかうと激しく動揺した。ハハ、図星だったのだ。それからだ、俺たちが少しずつ個人的な話をするようになり本音を言える仲になったのは」

男同士が腹を割るなら女の話に限る。ヘル談だ、と古瀬は笑った。

横川の田舎者特有の生真面目さをいち早く見抜いた上官たちが、横川を特殊潜航艇乗組員に推薦したのだろう、と勝杜は思った。

「11月10日」古瀬が呟いた。

「俺たち士官に突然の命令が下った。真珠湾攻撃作戦計画、特殊潜航艇に出陣命令が出た。18日に呉軍港を出るという。本当に突然の命令だった。だが、それまでの訓練だけの日々に目標がはっきりとわかり、俺たちは口々に叫んだ。『死して任務を完遂せん。軍人として生まれた運命、一死《いっし》奉公《ほうこう》。七生報國《しちしょうほうこく》。天皇陛下万歳』」

その日を思い出したのか、古瀬の瞳は輝いていた。

「だがこの作戦に猛烈に反対したのが、山本五十六司令長官だった」

「え、山本司令長官が？」勝杜は初めて聞く話に驚いた。

「ハワイまで行くに際して、伊号に特殊潜航艇を搭載できる強度はあるのか。伊号とともに潜水、浮上が可能なのか。また特殊潜航艇の救助方法はどのようなものなのか、と意見をし、このことが解決できないのであれば、今回の作戦での特殊潜航艇による計画は取りやめてよし、とまで言ってきた。それを聞いた俺たちは、訓練時より、一度出撃すれば生還はありえないと決めていたので、今さら何をと叫び、我々の覚悟を山本司令長官に伝えてもらった。しかし山本司令長官は頑として反対をしたので、急遽ラナイ島の沖合で乗組員を収容するという計画を加えることで妥協してもらった。まあ、あくまでも司令長官を説得するための方便で、戻ってくるとは考えていない。それが11月14日だ。呉軍港を出港する4日前の出来事だ」

「4日前……」

「そうだ、4日前だ。同時に、この日に下士官に出撃命令が伝えられた」古瀬はすまなそうに呟いた。

「ヨコたち下士官は俺たち士官より4日も遅く、それを知らされたのだ。ヨコは慌ただしく帰郷をし両親に顔だけ見せて呉に戻ってきた。同じ目標に向かい、同じ時間を過ごし、同じだけ汗と涙を流し、笑い、叫び、酒を呑んだ戦友だ……。だが階級という立場の違いだけで、ヨコは死への覚悟が4日間も遅れた……」

古瀬の瞳に光るものが滲んだ。

「あいつを楽しませてやりたいのだ……」

それが古瀬が言っていた心苦しさだった。涙が零《こぼ》れないように古瀬が空を見上げると、艦と並行して飛んでいるカモメが見えた。

「あいつ、進路を誤ったカモメだな。仲間を見失ってこの艦と一緒に飛んでいるのか……」

「可哀想ですね。この艦が潜航してしまったら、ひとりぼっちですね」

「カモメはいいな」

古瀬が呟いた。

「群れと離れて孤独かもしれないが、自分の羽で好きなところに行ける」


『祖国との距離も相当離れて唯一のラジオも感度が非常に悪くなり、雑音が大となる』

昭和16年11月26日の日記

「楽しみがひとつ減っていくなあ」

北が雑音だらけになったラジオに耳を傾けていた。

日本語が遠のいていく。これほど寂しいことはない。雑音だらけでもいい。穴蔵に閉じこめられた乗組員たちは祖国の言葉を聞くだけで力が漲る。遠く離れた海洋にいようとも、同じ時間に祖国の人と同じ言葉を聴いているという気持ちが乗組員たちに活力を与えてくれる。女性歌手のレコードがラジオから流れてきたときなどは、目を閉じて妄想の世界へと突入する乗組員もいた。

雑音だらけの日本のラジオを聴きながら、勝杜はハルちゃんを思い出していた。

元気だろうか。今日も酒屋の店番をしながら本を読んでいるのだろうか？　店先にラジオはなかったが、茶の間からはラジオが聞こえていた。この歌を聴いていてほしい。横須賀に戻ったら、そんな話をしたい……。

『日の出も非常に早くなり〇三五〇頃潜航乗員は未来の戦争を楽しみに連日の疲労にも負けず、元気よく飛び起きる』

昭和16年11月27日の日記

横川は疲れた体を丸めながら熟睡していた。横川に比べて自分はなんと幸せなのだろう……。これから戦争になるかもしれない。自分の命は明日をも知れぬ運命にさらされることになるが、それでも生きて帰れる確率は残っている。だが横川にはないのだ。愛する女性のことを想って、その人との将来を考える楽しみもなければ、帰郷して家族と食事をとりながら笑い合う将来もない。横川の生きがいは特殊潜航艇に乗りこみ、古瀬中尉を補佐しながら任務をまっとうすることだけなのだ。

勝杜は古瀬中尉が言った「剛毅木訥」という言葉を思い出していた。

作業を終えた乗組員が寝ている横川の肩を二度叩き「横川、交替の時間だ」と告げた。横川は「ン」と目を開けて両手両足を伸ばすと、すぐにベッドから下りて「行ってまいります」と飛び出していった。

『十一月もいよいよ最後となり、本日、遂に雑音入りの祖国のラジオも聞こえず、一抹の寂しさがする。反対にハワイ放送局による日本向けの日本語放送が聞こえる。種々様々なデマ放送が入り、航海中の無味なる生活に笑いを投ずる』

昭和16年11月29日の日記

「忌々しいな、このラジオおのれらが日本に対して嫌がらせをしているのに、日本を悪者にしおって。横川、こいつらにひと泡もふた泡も吹かせてやれ」北が語気荒く言った。

「はい。ラジオの電波塔もやっつけてやります」横川の言葉に、兵員室が笑い声に包まれた。

勝杜は横川の笑顔を見ながら、「あいつを楽しませてやりたい……」と言った古瀬の言葉を考えていた。俺には何ができるのだろう……。

ベッドに寝転がっていた寺内が横川に声をかけた。

「おまえ、好きな女はいないのか？」

唐突な質問に、横川は困惑気味に寺内を見た。

「そげな人、いるわけないじゃないですか」と言った横川だったが、照れくさそうに告白を始めた。

「実は結婚の話はありました」

初めて聞く横川の色話《いろばなし》に、その場にいた乗組員らがどよめいた。

「兄から見合いを勧められたんです。養子縁組の話でした——」

「おぉぉー」

「自分の家柄を考えれば、良縁すぎるお話でした——」

「おぉぉー」

「両親も兄妹も、喜んでくれました。でも……お断りをさせていただきました」

「……え？」全員の盛り上がりが急にしぼんだ。勝杜が「なしてそんな良い話を断ったのさ？」と聞くと、周囲から「せやせや」という声が飛んだ。

「君国に捧げた身で、妻《めと》を娶るという気持ちにはなれませんでした」

横川の瞳に曇りはなかった。

「自分の運命は帝国海軍に捧げています」

男たちはそれ以上、何も言えなくなった。

12月に入り4日が経過した。

「南国は暑くてかなわんなあ」

露玉《つゆたま》の汗を拭きながら大滝が戻ってきた。カーキ色の半ズボンをはいている大滝だが、上半身は相変わらず陸戦隊時代に着用していたジャンパーを裸の上にまとっていた。

「暑いというなら、それを脱げ」寺内は嫌みを言った。

「わしは陸戦隊や。潜水艦乗りとちゃうわ」

「まだそんなことを言ってるのか。大滝、おまえ、今どこにいるんだ？　誰が見てもおまえは潜水艦乗りだ」

寺内の言葉に横川は笑った。乗組員と大滝との距離感は、副艦長が「ミス」と謝った敵艦誤認事件の日以来、確実に縮まり、軽口を叩いたり笑い合える関係になっていた。だが大滝はそれを認めようとはしなかった。クソが……、こいつら俺を軽々しく扱うなボケ、と腹の中で毒づいてみる。

「なあ、本当に戦争をする気があるんかいな。こんなところまでわしらを連れてきて、何もなかった、引き返すってなるんとちゃうやろな」

大滝のボヤキの言葉は、この数日間、艦内の乗組員たちも思っていたことだった。艦長からの訓示では、日米会談の結論が出るのは12月4日だ。それがこの日だった。しかし、いまだに何も連絡は入ってこなかった。

「祖国はわしらのことを忘れたんとちゃうんか」

「何もせずに引き返すことも、あるかもしれないな。来栖大使の交渉がうまくいき、アメリカが譲歩をしたのかもしれない。その報告を受けた祖国が想定外のアメリカの対応に戸惑い、出港させた我々の艦隊をどこの港に向かわせるのか、その検討に入っているため連絡が遅れているのかもしれないな」

寺内の話には確たる根拠はなかったが、勝杜はそうあってくれと願った。祖国の平和のためには憎っくきアメリカを叩く必要があるが、このまま戦争に突入するということは、古瀬と横川は訓練をしたこともない片道切符の特殊潜航艇に乗り、魚雷とともに永遠にこの世から消えてしまうことを意味するのだ。できることなら特殊潜航艇の熟練者として、ふたりの思いを果たさせてあげたい。勝杜は〝和平成立での帰国〟を祈った。

「そげなこと、あってはいかんです」

横川が声を荒らげた。自分を見つめている士官たちに気づいて、すみませんでしたと頭を下げた。

気まずい空気が流れた兵員室に、飛びこんできた北が叫んだ。

「日米会談決裂。戦争じゃー！」

その場の空気が一変した。一気に緊張に包まれた。ついに実戦だ。皆、考えるより先に体が動いた。

艦長室、士官室へ乗組員たちは走り、ガランとなった兵員室には勝杜ひとりが残った。勝杜は震える手で手帳に万年筆を走らせた。


『十二月四日。来栖大使等の健闘むなしく日米会談、遂に決裂状態にはいる。いよいよ我々の前途は敵艦隊撃滅あるのみ』

昭和16年12月4日の日記

「日記か？」

扉口に、優しい笑顔の古瀬が立っていた。勝杜は「はい」と答えた。

「何を書いていた。見せてくれ」

「……お言葉ではありますが、なして見せなきゃなんねえんですか？」

「フフ。それじゃあ俺も書くか」古瀬はベッドに座ると、大きな声を出しながら日記を書きはじめた。

「12月4日。晴。いや雨かも。いやいや曇りなのか。潜水艦の中なので天気わからず」

「古瀬さん。日記は声を出さずに書きませんか?」

勝杜はやんわりと注意をしたが、古瀬はさらに大声を出して万年筆を走らせた。

「でも晴れていてほしい。真っ青な空であってほしい。誰もが気持ちいいと思う天気であってほしい。誰もが平和が一番だと思えるような青空であってほしい。父さんと母さんが笑い合い、妹や弟たちの笑顔が似合う、そんな天気であってほしい」

古瀬は声高らかに叫んだ。

「青空バンザイ!」

「……」

「我が家族バンザイ!」

古瀬は勝杜に言った。

「俺の日記は人に読んでもらおうと思って書いている。自分が楽しく生きてきた証しを残すために書いている」

「古瀬さん……」

「4日後だ」

「はい」

ついにそのときが来てしまう。お別れなのだ……。勝杜は奥歯を噛んだ。

「楽しかったな、あの日……」

「あの日？」

「みんなが集まったあの日だ。わあーって騒いだあの日だ」

古瀬の言う「あの日」を理解した勝杜は手帳をめくり、11月18日の頁を開き、大きな声で「読みます」と言った。

古瀬は嬉しそうに勝杜を見て頷いた。

「11月18日。広島県呉軍港にて。海軍の中でも潜水艦乗りは人気がなかった。人気があるのは太平洋を悠然と進み自慢の大砲を持っている戦艦や駆逐艦の乗組員。陸軍や飛行機乗りの連中は俺たちのことを『ドン亀』と呼んだ。潜水艦の戦術は敵に気づかれないように海底でじっと耐え、ここぞというときに魚雷を発射する。魚雷が命中すればしめたものだが外した場合は悲惨このうえない。それは敵駆逐艦に追われる運命。海底奥深く潜り、敵に気づかれないようにカメのようにジッと耐える。ゆえに潜水艦乗りは『ドン亀』とバカにされた――」

「そうだな……俺たちはバカにされている」古瀬はクスリと笑った。

「はい。バカにされています、へへ」

「だが、あと4日で変えてやる」古瀬の口調が変わった。

「特殊潜航艇で潜水艦の底力を見せつけてやるさ」

古瀬の言葉を受け、勝杜は日記の続きを読みはじめた。

「ゆえに潜水艦乗りは『ドン亀』とバカにされた。その俺たち潜水艦乗りに秘密の命令が下された。1941年、昭和16年。11月18日。○五○○、呉軍港に集合す。それは歴史を動かす命令だ。広島県呉軍港に男たちはやってきた。俺たちは行き先を知らされていない。戦争ということは想像がついた。何処だ……何処に行くのだ。不安が頭の中をよぎる。偶然ではない。艦に集まった男たちの出会いは決して偶然ではない。俺たちは戦友だ。切っても切れない仲間だ。この顔ぶれを見たとき、武者震いがして勇気が湧いた。いつものメンバーだ。懐かしいメンバーだ。顔を見るだけで楽しくなってしまう仲間だ――」

勝杜は力強く読みすすめた。

「朝もや立ちこむる○八○○、呉軍港を出港す。潜水艦・伊18号は隊番号が塗り潰され、海軍艦隊の印ともいうべきネズミ色が黒一色に化粧され、一種異様なる姿。帝国潜水艦と判別出来得るのは唯《ただ》軍艦旗のみ。繰り返す。行く先は何処ぞ。行く先は何処だ。行くからには勝つ。この仲間で勝つ。絶対に勝つ――」

古瀬が突然、勝杜を強く抱きしめた。

「勝とうな」

耳元で囁いたその声は少しかすれていた。

「おまえたち、そういう関係だったのか？」

古瀬と勝杜が振り返ると扉の前に寺内が立っていた。

「バカなことを言うな」古瀬は勝杜から体を離して大笑いした。

「よしてください。俺を永井と一緒にしねえでください」

勝杜の弁明で永井を思い出した寺内と古瀬はさらに噴き出した。屈託なく笑い声をあげる古瀬の顔を見ていた寺内の表情から徐々に笑顔が遠ざかった。

「聞いた」

古瀬は、うん、と頷いた。

「横川を驚かせてやりたい」

寺内の突然の提案だった。

「誕生日。祝ってあげたい」

「ヨコの誕生日は先月だ。とっくに過ぎてしまってるよ」古瀬は笑った。

「さっき、艦長室で日米会談決裂の話を聞いているときに横川もいた。俺は艦長の言葉を聞きながらあいつの顔だけを見ていた。口を真一文字に結んで、拳をギュッて握ってよ……」

寺内は悲しそうに呟いた。

「みんなから、よかったな、頑張れよ、と言われて、ハイ、ハイって嬉しそうに笑っているあいつの顔を見たら、泣けてきた……。俺はあの場所にはいられなかった。俺はひどいことをした。あんな純粋な男に嫌みを言い、あいつの誇りに泥を塗り、傷つけた。だからあいつのために何かをしてあげたい。それが遅ればせながらの誕生日祝いだ。驚かせてやりたい。駄目か？」

寺内は古瀬の言葉を待った。

古瀬は嬉しそうに白い歯を見せた。

寺内は勝杜に任務を命じた。

「渡久保のおやっさんにスペシャルなケーキを作ってくれと伝えろ」

「はい。おやっさんにケーキを作ってくださいと伝えてきます」

勝杜は扉を走り抜けた。

古瀬と寺内は、フフ、とにやけた。

悪戯っ子のように微笑んだふたりの顔は、江田島の海軍兵学校時代に数々の武勇伝を残した親友であり、良きライバルの顔だった。

14章　さよなら

『本日ハワイ在泊中の敵艦船の正確なる報告が大本営より入る。戦艦、航空母艦、巡洋艦が多数。相手にとって不足なし。見てろ。十二月八日。〇三〇〇攻撃開始。敵地に肉薄してきた。航海も無事目指すハワイ真珠湾四五浬《かいり》の地点に到着。付近の島影に仮泊して特殊潜航艇、最後の整備。電気部においては冷却機械のガスピンを艦内格納。其《そ》の他、戦闘に必要なる諸般の準備だが、嵐天で上甲板作業不可能なる為、錨地《びょうち》変更して、斯《か》くして戦闘態勢完備して、明八日の攻撃開始を待つ。電報に依《よ》り、天皇陛下より、山本聯合《れんごう》艦隊長官に対しての勅語《ちょくご》。又、聯合艦隊長官より我々艦隊に対しての訓示』

昭和16年12月7日の日記

『勅語
　朕　茲ニ出陣ヲ聖スルニ方リ郷ニ任セルニ聯合艦隊統帥ノ任ヲ以ッテス。
　茲ニ聯合艦隊ノ責務重大ニシテ事ノ成敗ハ真ニ決死的国家興廃ニ繋ルル処タリ。

卿多年艦隊練磨ノ責ヲ奮イ進ンデ敵軍ヲ殲滅シ威武ヲ中外ニ宣揚シテ
朕ガ倚信ニ副ラン事ヲ期セヨ』
　　山本連合艦隊司令長官に対しての天皇陛下の勅語

『聯合艦隊司令長官訓示
皇国ノ興廃繁リテ此ノ聖戦ニ存リ　粉骨砕身　各員其ノ任ヲ完セヨ』
　　山本連合艦隊司令長官からの訓示

『我らの向う処《ところ》明《あきらか》となり、訓示通り粉骨砕身して皇国報国。

憶《おも》えば、ワシントン会議以来、英米よりの劣勢海軍により、此れを補わんとして月々火水木金々の猛特訓の成果を中外に宣揚《せんよう》する秋《とき》がきたのだ。海軍に身を投じて八年。最後の華を咲かせる日がきた。

祖国において明日決行される世紀を震わすような大戦争を知っている人が何人なりや。

艦は今、パールハーバーの咽喉笛《のんどぶえ》に短刀を指しているのだ。街を走っている自動車のライトが点滅する。ネオンサインの波止場の灯がこの肉眼ではっきりと見えたのだ。

これをパールハーバー最後の日と云《い》わず、なんと云う様。

今頃アメリカ艦隊乗員は本日の土曜日、明日の日曜日で、パールハーバーは米国水兵の洪水で、脂粉の香で高いカフェバー、ダンスホールは超満員で、明日の運命も知らずに喜々として踊り狂い唄い騒いでいることだろう。武士の情けだ。今晩だけ、ゆっくりと休ませてやろう。真珠湾強襲の我が方の襲撃態勢は第六艦隊の潜水艦をすべて出動させて加えるに、空より飛行機による空襲と水中よりの特殊潜航艇による攻撃により港内を混乱に陥らしめて港外に遁走《とんそう》せんとする敵艦を港外において哨戒中の潜水艦により撃沈して敵艦一隻、魚一匹といえども太平洋に出さぬという水も漏らさぬ作戦である』

昭和16年12月7日の日記

真っ白な制服姿の古瀬が、兵員室で勝杜の日記を読んでいた。

勇ましい内容の日記を読み終えた古瀬は、手帳を閉じるとベッドで熟睡している勝杜につかつかと近寄り、手帳でその頭をペタペタと叩いた。

「勝杜、うまいな。おまえの日記」

古瀬の言葉に勝杜は飛び起きて、古瀬の手から手帳を奪い返した。

「人の日記を勝手に読んでいたんですか」

「あ～懐かしかった。たかが3週間程度のことなのに、懐かしかったぞ」古瀬は伸びをした。

「人の日記で懐かしがらねえでください」

「だけど戦術に関して書きすぎだな。これは問題だ。艦長に知られたらこっぴどく怒られるな」

「え……」狼狽した勝杜に、古瀬は優しい微笑みを見せた。

「だが俺は信じている。日記が禁止されているのは潜水艦が万が一、撃沈された場合を考えてのことだ。この艦は大丈夫だ。思う存分に書け。書いて、書いて、後世に残せ」

約束だぞ、と古瀬は勝杜を強く見つめた。

制服姿の寺内がいそいそと兵員室にやってくると、室内を見回しながら古瀬に小声で尋ねた。

「おう、横川は？」

「宇津木さんが相手をしてくれている」

古瀬の言葉にほっとした寺内は意気揚々と入ってきた。

「準備万端ってわけだな。横川の奴、今ごろ誕生日祝いなんかされたらぶったまげんだろうな。いやあいつは泣くな。うん、泣くな。何たって自転車だ」

「自転車？　作ったのですか？」勝杜が驚きの声をあげた。

「まあ青空の下というのは無理だが、自転車に乗ってもらうことぐらいならわけねえよ。艦内の備品を集めてパッパッてな、ハハハ」寺内は得意満面の笑みを浮かべた。

「横川を喜ばせたい」と言った日から3日。その短い時間で自転車を作ったという寺内に、古瀬は驚き以上に感謝の気持ちがこみあげた。

「テラ……ありがとうな」

「いいって、いいって」と寺内が照れた。

「寺内中尉。ここでしたか。実は相談が……」北が扉のところにやってきた。

「おお、自転車はできたのか？」

「はい。できたにはできたのですが。実はそのことで……」

言い淀む北をよそに、寺内は古瀬と勝杜に自慢げに言った。

「自転車、設計は俺がして作業担当が北。まあアレだ、いろいろと迷惑かけた俺たちからのプレゼントだ。北、早く自転車を持ってこい、横川が来ちゃうだろ。早くしろ」寺内は北を急かした。

「……はい」と返事をした北は、扉の手前まで持ってきていた自転車を抱えて兵員室に入ってきた。艦内の備品を集めてハンドル、サドル、ペダルが装着されたその代物は、一応、自転車に見えなくもなかったが、決定的に何かが不足していた。タイヤだった。2つあるはずのタイヤが一個しかないそれは、自転車にも一輪車にもならない無様な形をした代物だった。

寺内が素っ頓狂な声をあげた。

「何だそれはー？　タイヤ、一個足りねえぞ⁉」

「艦の中の廃品集めたんですが……これが限界です」

「限界？　どうしておまえはすぐに弱音を吐くんだ。だからおまえは駄目なんだ。そんなぶっさいくな自転車、横川にあげられるか。捨てろ、分解して元の場所に部品を返せ」と憤慨した寺内がまくしたてた。

「ぶっさいくって……。一生懸命に作ったんですよ、これ芸術でっせ。褒めてくれてもええやないですか」

「捨てろ、ぶっさいく」

「揉めない揉めない。テラ、気持ちだよ。ヨコは喜んでくれるさ」古瀬は楽しそうに寺内を宥めた。

通路から渡久保の陽気な声が聞こえてきた。勝杜たちが振り返ると、満面の笑みの渡久保が部下の永井を引き連れてやってきた。永井は鍋を大切そうに抱えている。

「ケーキだよ、はい、ケーキができたよおー。俺が本気見せるとこんなものはチョチョイのチョイよ。なあ永井」

「はい」永井の顔も活き活きとしていた。

陽気だった渡久保の目に自転車とも一輪車とも見分けがつかない摩訶《まか》不思議な代物が飛びこんだ。

「なんだ……？　そのぶっさいくは？」

「ぶっさいくだと……？　このオヤジー」寺内が渡久保に飛びかかった。

その姿に古瀬が大笑いした。いつもの兵員室の光景だった。

この日、古瀬と横川が去っていくという寂しさを感じさせない日常だった。


髭を剃り、頭を丸め、身なりを整えた男たちが勢揃いした。真っ白な制服姿の古瀬、寺内、北、渡久保、永井、二本柳、大滝、村松、そして勝杜が凜々しく整列していた。兵員室のすべてのベッドはきれいに片付けられ、塵《ちり》ひとつ落ちていない。ベッドの鉄パイプ、床は磨きあげられ、いつもの兵員室が今は神聖な空気すら漂わせていた。別れの時間が刻一刻と迫っていた。

しばらくすると、制服姿の横川が宇津木とともにやってきた。

整列をしている男たちの姿に横川の背筋が伸び、一人ひとりの顔を見つめた。最後だ……。心の中で感謝の言葉を述べた。今日までありがとうございました。古瀬と目が合ったとき、あれ……と思った。なぜ、古瀬中尉がそちら側に立たれているのだろう……。勝杜を見ると、その目がクスリと笑っている。

「何なのですか？　勝杜さん。今日は何を企んでいるのですか？」

勝杜は横川から目をそらして古瀬を見た。

古瀬は右手に持っていた扇子をタクトのようにかざした。

男たちは古瀬を見つめてスーッと息を吸いこむ。古瀬の左手が宇津木を指した。「ンー」

宇津木が音程をとった。古瀬の右手の扇子が振りかざされた。緊張の宇津木が音程を外さないように歌いはじめた。

「目出度い誕生日ぃー　貴様ぁー」

「……」

横川は突然歌いだした宇津木を見ていた。

宇津木は古瀬の扇子を見つめながら、三拍子のリズムをとって歌っていた。

「目出度い誕生日ぃー　貴様ぁー。目出度い誕生日ぃー」

次の節に入った。真っ白な制服姿の男たちが一斉にハモった。

「Ｄｅａｒ　よこかわぁー　目出度やぁ貴様ぁぁー」

横川は理解した。これは自分の誕生日を祝ってくれている歌ではないか……。

古瀬が振る扇子の三拍子のテンポが上がった。男たちの歌のテンポも上がった。男たちは後ろ手に隠し持っていた菜箸や鍋の蓋、お玉を打楽器にして演奏を始めた。ある者はベッドのパイプを叩き、ある者は木箱を打ち、まな板とすりこぎをすり合わせ、自分の太腿を叩いて音を出し、2つの蓋をシンバルにした。さながらオーケストラのようだった。男たちの歌と演奏は続いた。

目出度い誕生日ぃー　貴様ぁー。
目出度い誕生日ぃー　貴様ぁー。
目出度い誕生日ぃー　Ｄｅａｒ　よこかわぁー　目出度やぁ貴様ぁぁー。

この日のために秘密の稽古を重ねてきた男たちは古瀬のタクトを見つめ、ただ横川のことだけを想って歌っていた。横川に素敵な思い出を作ってやるのだ。愚直で「剛毅木訥」な横川に心から喜んでもらうために、最高の時間と思い出をプレゼントするために、今日が横川という男の、この世の最後の日であることを大切に思いながら、男たちは満面の笑みとともに声を張りあげ、楽器を演奏した。
横川は感激していた。

士官の方々が自分ごときのために、お祝いの歌を歌ってくれている。お祝いの演奏をしてくれている。おそらく、どこかで稽古を重ねていたのだろう。なんともったいない。その気持ちだけでもう十分だ。誕生日なんて祝ってもらったことがない。正月に「ひとつ年を取ったな」と父親が兄弟全員に声をかけてくれる、その程度だ。豊作の年には正月にご馳走が出たが、不作の年は餅も食べられないことがあった。海軍に入ってよかった。海軍に入り、この人たちと巡り会えた。幸せなのだ、自分の人生は幸せなのだ。

寺内中尉が自分ごときのために楽しそうに演奏してくださっている。北少尉が大声で歌ってくださっている。村松大尉が、大滝少尉が演奏し、祝ってくださっている。渡久保主計兵曹長が、宇津木整備兵曹長が、二本柳一等兵曹が、永井二等兵曹が、そして勝杜兵曹長が馬鹿騒ぎをして……ここはまるで縁日のようです。ありがとうございます。楽しいです、愉快です、幸せであります。尊敬する古瀬中尉が、自分のために扇子で三拍子を取りながら歌ってくださっている。嗚呼、幸せだったのだ。自分の人生は本当に幸せだったのだ。

この日は泣くまいと決めていた。自分が泣くと残された人が悲しむと思ったからだ。笑って出ていこうと決めていた。なのに、どうしてですか……どうして、みなさんはこんなにも優しい人たちなのですか？　潜水艦乗組員は家族同様だと言われて海軍に身を置きました。それは本当でした。海軍の中でも潜水艦乗組員は特別な人たちの集まりなのですね。

背中をトントンと叩かれた。振り向くと笑顔の渡久保が立っていた。渡久保の手にケーキがあった。イチゴケーキだ。……いやイチゴをかたどったニンジンだ。渡久保が言った。

「ヨコ、誕生日、おめでとう。食べてくれ」

古瀬たちは歌うのをやめて戸惑う横川を見つめた。

「食べてくれって」

「こげな立派なもの、食べたら罰あたります」

「俺が心をこめて作ったんだ。食べないほうが罰あたりだ」

渡久保の言葉に「そうだ」「食べろ」「食べてやれ」「おやっさん、スネちまうぞ」と男たちの野次が飛んだ。その声に押されるように、横川はケーキの表面についているクリームを指ですくい、ゆっくりと口に運び、その味を嚙みしめた。渡久保たちは、横川がどんな反応を示すかが気になって仕方がなかった。旨いのか、マズいのか、どっちだ。渡久保は最後の最後で失敗をしてしまったのか？　どっちなのだ。

横川の目が大きく見開いた。それが答えだった。

「うっめぇぇぇぇぇぇぇー！」

横川は自分でも驚くほどの甲高い声を出した。横川の弾けた声に男たちがドッと沸いた。兵員室が笑い声に包まれた。ここが好機と察した北が寺内に囁いた。

「このタイミングで自転車をプレゼントしましょう」

しかし寺内は恥をかくだけだ、と躊躇した。

「せっかく作ったんです。渡してあげましょう。気持ちです」

力強い北の言葉に「そうだよな」と納得した寺内が、ベッドの下に隠していた自転車を取り出して横川の前に立った。笑い声であふれていた兵員室が、一瞬にして静かになった。何だあれは？　という空気が漂った。横川も目を細めて、観察するようにその代物を凝視した。

寺内は、失敗だ……出さなきゃよかった……と北を恨めしそうに見た。

「自転車だ‼」

横川が叫んだ。

「自転車です‼」

興奮した横川が寺内に尋ねた。

「どうしたのですか、これ⁉」

「横川。寺内中尉から、おまえに誕生日プレゼントや」北が教えた。

「え……」横川は驚いたような目を寺内に向けた。

「もらってくれるか？　タイヤが一個足りないんだけどな……」

横川は感無量だった。

横川は寺内から自転車を受け取ると、大切そうに眺めた。男たちは童心に返ったような横川を見つめていた。その笑顔をいつまでも見ていたいと思った。

横川は子どものように大きな声を出した。

「ありがとうございます！」

そのとき、横川の声をかき消すように、残酷な警報が兵員室に鳴り響いた。それは幸せな空気が引き裂かれていく音だった。

「特殊潜航艇乗組員はただちに司令塔昇降口前に集合せよ。繰り返す。特殊潜航艇乗組員はただちに司令塔昇降口前に集合せよ」

艦内放送が兵員室に緊張感を与えた。


古瀬と横川は姿勢を正して艦内放送を聞いていた。

楽しかった時間に終わりを告げる艦内放送だった。

「浮上する」

艦内に溜めていた海水を吐き出した潜水艦は、フワッと浮上を始めた。男たちの体がグラリと傾き、両足を踏ん張って床に耐えたり、ベッドにつかまるなどして体勢を保った。

浮上していく潜水艦の中で自転車を必死に抱える横川を、勝杜は見ていた。

あの日、自転車に乗るのが夢だと言った横川の顔を思い出した。自転車に乗って青空の下を走りたい、横川はそう言った。二度と土の上を歩くことが許されない運命を背負っていた横川の夢だった。あのときはそのことに気づきもしなかった。

横川は自転車を見つめたまま動かないでいた。乗ることができない自転車を、ただじっと見つめていた。

「寺内中尉、乗ってもいいですか？」横川が寺内に言った。

「乗る？」

「はい。乗りたいのです、よろしいですか」

「ああ……」

これに乗ることができるのか？　浮上を続ける艦内で足を踏ん張って体を支えていた男たちが、横川を見ていた。

横川は嬉しそうに自転車に跨がった。ハンドルに手をかけ、サドルに座り、ペダルに足をかけた。だがタイヤが足りない自転車を乗りこなすのは案の定、難しかった。それでも横川は何度も挑戦した。乗るんだ、自分の夢の自転車に乗るんだ。寺内中尉が自分ごときのために作ってくださったこの自転車に、何としてでも乗りたい。乗っている姿をお見せしたい。

だが何度挑戦してもうまくいかなかった。

勝杜が自転車の前に立って、ハンドルをギュッと握った。

「俺が引っ張ってやる」

「はい」

横川はサドルに跨がり、両足をペダルに置いた。勝杜は不安定な自転車をゆっくりと引っ張った。横川を乗せた自転車が浮上中の艦内でゆっくり、ゆっくりと動きだした。それは無様であり、切ない光景だった。ペダルを漕ぐことなく、サドルに座っているだけの横川の姿……自分の足でペダルを漕ぎたかったに違いない。だが叶わなかった。

勝杜は奥歯を噛みしめながら、力の限り自転車を引っ張って歩いた。「ヨコが喜ぶ顔を見たい」と前に古瀬さんが言った。俺だって見たいんだ。もっともっと見たい。いつまでも見ていたい。「うおおおぉぉ」引っ張る力が増して速度が上がった。

「乗れてます！」横川が勝杜に叫んだ。

「ああ、乗れてる。乗れているぞ」

「乗れています、乗れています」

「ああ、いつまでも乗っていろ、いつまでも、いつまでも、いつまでも」

横川が自転車から飛び降りて、勝杜に抱きついた。横川は息があがっている勝杜に抱きついたまま、離れようとしなかった。

「……」

勝杜の耳に横川の嗚咽が聞こえた。勝杜は強く、抱き返した。

「乗れたな。よかったな」

「ありがとうございます。ありがとうございます」

横川は子どものように泣きじゃくった。

「バカ、旅立ちの日に泣くな。俺たちはヨコの笑った顔が見たいんだぞ」

勝杜は精いっぱいに笑った。男たちは横川を見ていた。

「みんなに挨拶をしろ」

勝杜が横川の耳元で囁いた。横川は兵員室の男たちの顔を一人ひとり見つめた。古瀬、北、渡久保、永井、大滝、宇津木、村松、二本柳、そして寺内を見た。

「寺内中尉、乗れました。寺内中尉、ありがとうございます」

寺内は優しく微笑んだ。

横川は兵員室の一人ひとりに、感謝の言葉を口にした。

「ありがとうございます。ありがとうございました。ありがとうございます」

そう叫び続けていた横川の体が突然傾き、潜水艦が一瞬宙に浮いたような感覚になると、直後に水平の状態になった。それは浮上完了の合図だった。

同時に艦内放送が鳴り響いた。

「12月7日。一九〇〇浮上。一九〇〇浮上。ハッチオープン。特殊潜航艇乗組員はただちに司令塔昇降口前に集合せよ。二〇一〇、特殊潜航艇乗組員搭乗。二〇二〇、本艦伊18号より特殊潜航艇を離脱。翌12月8日〇三〇〇、攻撃開始。成功を祈る。繰り返す、成功を祈る」


攻撃開始。それは終わりの始まりだった。

成功を祈る。それは別れの言葉だった。

古瀬と横川は、その言葉を凜と聞いていた。

勝杜はふたりの背中を見つめていた。

笑って送り出すと決めていた。

祖国に、海軍に、伊18号に、このふたりがいたことを忘れない。忘れてはいけない。

古瀬と横川は背中で大きく息をした。やるぞ、このときがきた、そう背中が語っている。

すべては祖国のために、すべては祖国の平和のために。心に一点の曇りもない古瀬と横川の背中だった。

前部兵員室昇降口、司令塔、後部兵員室昇降口。艦内すべてのハッチが鈍い金属音とともにズズッと開いた。真上から伸びてきたオレンジ色に輝いた夕焼けが、古瀬と横川を包みこんだ。同時に外気が兵員室に流れこみ、男たちは一歩、また一歩とゆっくりとハッチの下に集まり、潜水艦乗りにとって貴重な太陽の光と新鮮な空気を分かち合うように大きく呼吸した。古瀬と横川とこうして一緒に酸素を吸って二酸化炭素を吐き出し、生きていることを実感するのはこれで最後だ、そう考えながら、男たちはこの時間をいとおしんだ。

「ハワイは違いますね」空を見上げていた横川が楽しそうに言った。

「夜の7時だというのに空が明るいです」

男たちは改めて夜空を見上げた。オレンジ色の南国の夜空だった。

横川が自転車を寺内に掲げた。

「寺内中尉、夢が叶いました」

「……でも、青空じゃない」寺内は寂しそうに微笑んだ。

「はい、夕焼けです。真っ暗な夜より断然いいです。この夕焼けを瞼《まぶた》に記憶させて潜ってきます」

横川の表情はオレンジ色の空よりも煌々《こうこう》と輝いていた。

「潜ってきます」それは二度と……。いや、考えるのはよそう。横川が最後に見た外の景色がきれいでよかった、横川が喜んでいるのだ、それでいいじゃないか、と言い聞かせたが、横川の無邪気な顔を見ているのがつらくなった寺内は「ああ。夕焼けきれいだな」と、笑顔を見せると、その輪から離れた。背中から横川の声が聞こえてきた。

「空がきれいですね……」

横川は目を輝かせて薄暮の迫る空を見つめていた。

「お、あれは一番星だな」

渡久保が空を指すと、男たちが「どれどれ」「どこだ」と、その指先のほうを見た。オレンジ色の空にキラキラと輝く一番星を見つけた横川が「鳥取とおんなじ星です」と言った。

「あたりまえだ、星はどこでもおんなじ形だべや」

「はい、そうでした」横川は恥ずかしそうに丸坊主の頭をなでた。男たちが再び笑った。

寺内がベッドに腰を下ろすと、隣に古瀬が座ってきた。

「テラ。自転車、ありがとう。ヨコが喜んでいる。本当にありがとう」

「……」

寺内は、古瀬と今生の別れだと思うと、なかなか言葉が出てこなかった。

「おまえにも何かと思ったけど……戻ってから、やってやるよ」

寺内は古瀬の顔を見ながら、答えろ、言葉で答えろ、「おう」と言え、そう念じた。

戻る……。古瀬は思いがけない言葉に戸惑いながら、優しい微笑みを見せた。

ハッチの下では、男たちが横川を囲みながら笑っていた。誰もが、このときを、一分一秒を、この瞬間を、自分にとっての永遠のものにしようと大切に過ごしていた。笑って見送ってやる。海軍だから。戦争なのだから。涙は禁物だ。笑顔で送り出してやる。凛として、男として送り出してやる。それは見送られる側も同じ思いだった。笑顔で往ってくる。泣くな、嘆くな、寂しくなったら靖国で会える。男たちは限られた、残された時間を惜しむようにひたすら笑った。

「あんたらはどうかしとるな」

男たちの笑顔を打ち消したのは大滝の一言だった。

大滝は古瀬と横川を眼光鋭く見つめていた。ここにきてまた何を引っかき回そうというのか。「おい」と北が小さな声で咎めた。大滝はベッドに近づくと、ズダ袋からジャンパーを取り出した。大滝の誇りである陸戦隊時代のジャンパーだ。それをわしづかみにして古瀬の前に立った。

「すごすぎます、ドン亀は」と姿勢を正して敬語を使った。

「あんなちっちゃい潜水艦の中は寒いに決まっています。これを持っていってください」とジャンパーを差し出した。

「やるやろ、ドン亀も」

古瀬は慣れない関西弁で答えた。寺内と北が「フフ」と微笑んだ。潜水艦乗りを見下していた大滝が、潜水艦乗りを認めたことが嬉しかった。勝杜と横川は大滝を頼もしそうに見つめて微笑んだ。男たちの視線を感じた大滝が照れくさそうに自分のベッドに戻ると、永井がすり寄ってきて「素敵でした」と言った。このガキ、馴れ馴れしいんじゃ、怒突《どつ》いたると思ったが、真っ白な制服に鼻血でもついたら縁起でもないと思い、永井の額に力任せのデコピンをくらわせた。男たちがドッと笑った。

そんななか、ひとりだけ笑っていない男がいた。二本柳だ。二本柳は古瀬と横川の顔を交互に見つめ、笑い合っている乗組員たちの顔を見て、やるせない気持ちにとらわれていた。海軍の命令だということも、それに背くことができないこともわかってはいる。横川が任務を受けた事情も理解した。だが、頭の中でどうしても納得できない自分がいた。こんな戦争のやり方が正しいわけがない。「特攻」が称賛されることになれば無辜《むこ》の命が奪われ続け、祖国は滅亡の道をたどるだけだ。やるせない、だが、どうしたらいいのかがわからない……。真実を知ってしまったあの日から、二本柳は何も解消できぬまま今日という日を迎えていた。

二本柳は視線を落としたまま強い口調で言った。

水を差すことになるのはわかっていた。だが言わずにはいられなかった。

「自分は絶対に認めませんよ、そんな戦い方」

男たちは二本柳を見た。

二本柳は古瀬を見た。古瀬の瞳が二本柳を静かに見つめていた。優しい瞳だった。古瀬は潜水艦に乗艦して孤独だった自分に声をかけてくれた、優しい上官だった。誰にでも明るく、信頼されている上官だった。江田島海軍兵学校で憧れた先輩だった。傷つけたくなかった。でも傷つけてしまった……。古瀬中尉、あなたはどうして、どうして……。二本柳の目から涙がこぼれた。悔し涙だった。泣くな、門出なのだ、古瀬中尉の門出なのだ。泣くな。二本柳は古瀬に向かって直立不動の姿勢を取った。

「でも、勝ちましょう」

二本柳はさまざまな思いをのみこんで、今、帝国海軍の一員となった。

二本柳の肩を古瀬がポンと叩いた。その手には力があった。頼んだぞ、と言っていた。古瀬は兵員室を見渡した。男たちは新しい仲間の誕生に微笑んでいる。もう思い残すことはない。古瀬は横川に言った。

「ヨコ、行くか」

「はい」横川は微笑んだ。

「待て、待て待て。ヨコ、これを持ってってくれ」渡久保が慌ててケーキを差し出した。

「これもです」隣に立っている永井が、持っていた寸胴から大きな握り飯を取り出して見せた。

「でっかい……」横川が驚いた顔をした。

「自分が握りました。でっかいのを握りました。『潜水艦は腹で乗る』のです。古瀬中尉とおふたりで食べてください」

渡久保から借りたその言葉は、主計として生きていくと決心した永井の宣言でもあった。

「喉が渇いたらゴクゴクって飲んでくれ」と、渡久保が2本のサイダーをかざした。

「サイダーだあ」横川は嬉しそうな声を出した。

「フフ、なんかピクニックに行くみたいです」

「そうだ、ピクニックだ。だから必ず戻ってくるんだ」

渡久保は真顔だった。

横川はどう答えていいかわからず、困惑の表情を浮かべながら古瀬を見た。古瀬は優しそうに頷きながら、渡久保のおやっさんの気持ちだ、素直に受け取ってあげろ、そう目で合図をした。横川が静かに頷いた。

「ハワイはアイスクリームが旨《うま》いって話です。みなさんに大きいのを買ってきます」

横川は憎めない笑顔を見せて元気よく言った。

「おう頼むぞ」「食いたいなー」「俺、2つな」男たちの声が飛び交った。

勝杜は横川の顔を眺めていた。横川はうどん屋の出前を聞くように、はい、はい、と乗組員たちのアイスクリームの注文を楽しそうに聞いていた。

「特殊潜航艇乗組員に告ぐ、特殊潜航艇乗組員に告ぐ。至急司令塔昇降口前に集合せよ、大至急司令塔昇降口前に集合せよ」

耳をつんざく艦内放送が、男たちの笑顔を切り裂いた。副艦長の声には少し怒りが混じり、いつまでも現れない特殊潜航艇乗組員に苛立っていた。

古瀬と横川は互いのベッドに戻りズダ袋を手にした。

「ヨコ。最後の世話をしてやる。おやっさんからもらった食料、持っていくんだろ。手伝ってやる」勝杜が横川の元に走り寄り、握り飯とサイダーをズダ袋に詰めこみながら話しかけた。

「ケーキ、旨かったのか」

「はい。おいしかったです。勝杜さん。少し食べますか?」横川は小さく囁いた。

「バカ。そんなことしたら、俺がおやっさんに殴られるべや」

勝杜の言葉に横川が「へへ」と笑った。子どものようにあどけない笑顔だった。ヨコは自分と同じく貧しい家の出で、だから弟のようにかわいがった。海軍に入ることで貧しい家族に少しでもラクをさせてあげたいと願い、入隊してきた男だ。物静かで、努力家で、クソ真面目で、接吻も知らず、遺書も書かずに、任務をまっとうしようとする男だ。勝杜は荷物を詰めながら横川の顔を見つめた。見送ってやるのだ。兄貴として、弟をきちんと見送ってやるのが俺の仕事だ。横川が最後にズダ袋に入れようとしていたものは、作業帽だった。クソ真面目な横川は暑い艦内でもいつも作業帽を被っていた。特殊潜航艇に乗りこんでも、いつものように被るのだろう。勝杜は横川の手から作業帽を取り上げ、大切に折り畳んであげた。そのとき、作業帽の裏地に書かれている文字を見つけた。それは横川の字で書かれた言葉だった。

『人生坂に車を押す如し』

『努力努力』

努力しても、少し油断すれば元に戻ってしまう。だから努力し続けなければならない。まさに横川の生きる姿を表す言葉だった。横川は勝杜を見て言った。

「勝杜さん。お世話になりました」

古瀬が一人ひとりに挨拶をしていた。

「軍医。今日までありがとうございました」

「宇津木さん。今日までありがとうございました」

「北。今日までありがとう。テラのことを頼むぞ」

寺内は古瀬の姿を離れた場所から見ていた。

さよなら、古瀬。さよなら、我が友。海軍兵学校時代の思い出が走馬灯のように駆け巡った。もう古瀬と話せなくなる。古瀬の笑顔が見られなくなる。古瀬とケンカができなくなる。古瀬と、古瀬と……。古瀬、どうしておまえなのだ。なぜ、おまえなのだ……。さっきの言葉、あれは本音だ。おまえの誕生日、帰ってきたら祝ってやる。おまえが言うように、海の中で花火を派手にあげてこい。だけど必ず帰ってこい。

古瀬は勝杜と最後の挨拶を交わしていた。

「古瀬中尉。ご武運をお祈りしております」

「触ってもいいか」

「え？」

「勝杜の頭。縁起ものだ」

勝杜は頭を差し出した。古瀬は勝杜の頭に右手を添えて目を閉じると「行くからには勝ってくる」と、静かに呟いた。

勝杜はじっと目を閉じて、古瀬の手のぬくもりを感じていた。

勝杜と固い握手を交わした古瀬は、最後の挨拶を交わしていない寺内を見た。

寺内も古瀬を見ていた。ふたりはしばし見つめ合った。

寺内は念じた。間違っても、世話になったな、とか言うな。さよなら、も言うな。

古瀬は寺内に優しく微笑むと、スッと扉を抜けて後部兵員室を後にした。横川が素早く続いた。寺内は言葉が出なかった。待てよ、待てよ古瀬、それで終わりか。心の中で叫んだ。


兵員室を出た古瀬と横川は、艦長が待っている司令塔昇降口前へと向かった。その姿は颯爽としていた。男の本懐を遂げてみせる、そんな気概に満ちていた。この世に、全く未練のない顔だった。思い出が詰まった兵員室の扉を抜けた瞬間から、古瀬と横川は少しでも早く特殊潜航艇に乗りこみ、一分でも早く海に潜りたかった。海の中には、愛媛県三机村の港でくる日もくる日も秘密の特訓をともにした8人の仲間がいる。潜水艦に乗ると互いの顔を窺うことはできないが、苦労を分かち合い、この任務を拝命した日になぜ俺たちが死ぬ運命なのだと泣き叫び、幾日《いくにち》も泣き続け、それでも互いに励まし合い、助け合い、冗談を言い合って、この日を迎えた、その仲間がいる海に早く潜りたい。潜って、ともに戦いたい。そして約束した靖国で再会する。古瀬と横川は胸を張って艦内を歩いていた。

兵員室に続く倉庫、管制盤室を抜けていく。作業担当兵たちが敬礼をしながら古瀬と横川を迎え、見送った。隣の機械室への扉を抜けたときも、作業担当兵たちが敬礼をして待っていた。古瀬は乗組員たちに「お世話になりました」「往ってきます」「やってきます」と勇ましい言葉をかけながら歩いた。機械室を抜けると、次は発令所だ。そこにたどり着けば、あとは梯子をのぼり、艦長、上官たちが待つ司令塔昇降口前だ。

古瀬は一息ついた。

この扉を抜ければ、この艦ともおさらばだ。

全長109・3メートル。幅9・1メートル。この中に、あの日、11月18日呉軍港を出港してから今日までの俺の青春があった。悔いはない。未練もない。俺はおおいに楽しんだ。ヨコも最後まで楽しんだと思う。ここから先は、全長23・9メートル、幅1・8メートル、高さ3メートルが俺たちの人生の空間だ。いざ、出陣。

意を決して機械室を抜けようとしたときだった。

「古瀬！」

寺内の声がした。

振り向くと機械室に寺内、勝杜、北、渡久保、宇津木、二本柳、大滝、村松、永井がいた。古瀬と最後の言葉を交わすことなく別れた寺内が耐えきれずに走りだし、それに勝杜たちが続いた。男たちは古瀬と横川を、見つめていた。

古瀬は寺内を見て軽く手を振った。寺内は、ただ呆然と手を振り返すことしかできなかった。古瀬は寺内に白い歯を見せると横川の肩をポンと叩き「さ、行くぞ」と歩きだした。

寺内たちは動けなかった。

古瀬と横川の背中が一歩、二歩と遠のいていく。

勝杜の脳裏に、古瀬と横川と笑い合った時間が蘇っていた。

ついさっき、ケーキを食べて「うっめぇぇぇぇぇぇぇー！」と、素っ頓狂な声を出して驚いた横川の顔が浮かんだ。

自転車に跨がりながら「乗れています、乗れています」と叫んだ横川の顔が浮かんだ。

ケーキを食べますか？　と悪戯っ子のように笑った横川。

北に何発もビンタをくらいながら特殊潜航艇に乗るのは自分だと言い張った横川。

寺内に胸ぐらをつかまれたとき、強い眼差しで「自分は末っ子、古瀬中尉は三男坊。理由はそれだけです」と言った横川。

「恩返しです」と言った横川。

「断る理由が見つからないのであります」と叫んだ横川。

接吻話をしているときに、物欲しそうな顔をしていた横川……。

ヨコがいなくなる、この世からいなくなる……勝杜は声を張りあげた。

「ヨコ、帰ってこい！」

扉を抜けようとしていた古瀬と横川が振り返った。

勝杜はがむしゃらに叫んだ。

「絶対に帰ってこい！　何がなんでも帰ってこい！　魚雷ぶっ放さなくてもいいから帰ってこい！　アメリカに見つかったら脱出して帰ってこい！　泳いで帰ってこい！　帰ってくんのが恥ずかしいならどこかに逃げろ！　生き延びろ！　陸に上がったら森に隠れろ！　死ぬな！　死ぬな死ぬな死ぬな死ぬなッ！　絶対に死ぬな！」

勝杜の顔は涙でぐちゃぐちゃだった。

軍法会議にかけられれば懲罰を受ける言葉だ。勝杜の声は艦全体に響き渡っていた。だが、それを咎める者はひとりとしていなかった。誰もが心の中で思っていた言葉だったのだ。

「帰ってこい横川！」

寺内が命令口調で叫んだ。

「来年、誕生日やるぞ。10年後も20年後もやるぞ。これは命令だ」

横川は嬉しそうに笑っていた。

「古瀬。おまえのもやってやるぞ」

古瀬も笑っているだけだった。

ふたりとも、男たちが戸惑うほどの美しく澄みきった笑顔だった。

古瀬が叫んだ。

「テラー」

寺内は、やっと話しかけてくれたと思った。なんだ、どうした？　古瀬の言葉を待った。

古瀬の顔から笑顔が消え、ゆっくりと、嚙みしめるように言った。

「さよなら」

古瀬は寺内だけを見ていた。

泣くな、テラ。おまえは上官なのだ。おまえがこれから海軍を引っ張っていくのだ。こんなことで泣くな。古瀬の目は訴えていた。

決して言ってほしくはなかった「さよなら」の言葉に、寺内は叫んだ。

「何でそんなこと言うんだ」

男たちの悲しみが、堰を切ったようにあふれ出した。

「帰ってくるって言え！」ここまで耐えて耐えて耐えていた宇津木の感情も爆発してしまった。

「宇津木さん」古瀬が名前を呼んだ。

「おやっさん、勝杜ぃぃー」渡久保と勝杜が古瀬を見た。

「北ー、大滝ー、永井、二本柳、村松軍医ー」古瀬は続けて名前を叫んだ。

村松が涙をこらえながら立っていた。北は足の震えを必死に抑えながら古瀬と横川を見つめていた。永井は嗚咽が漏れぬように唇を噛みしめていた。涙で視界が曇った二本柳は、これが潜水艦乗りなのか、これが潜水艦乗組員たちが家族以上の家族と言われる所以《ゆえん》なのかと、拳を握って佇んでいた。大滝は、クソが……なんで涙が出てくるんじゃ、兵は死ぬことも仕事やろが、と思いながら古瀬と横川を見つめていた。そして、このふたりを見送る戦友たちの叫び声と嗚咽を耳にし、潜水艦乗りか……面白そうやないかい、俺もこいつらとこれから熱く生きたろうか、と鼻水をすすった。

「テラー」

古瀬はもう一度寺内の名前を呼んだ。寺内は古瀬を見た。

古瀬は一人ひとりの顔を見つめた。

「みんな今日まで本当にありがとう」

「往ってまいります」すがすがしい顔の横川が敬礼した。

横川に続いて古瀬も敬礼をした。これで本当に、本当にお別れだというサインだった。

勝杜は狂ったように「ヨコー。ヨコヨコヨコヨコヨコ、ヨコー」と叫び通路を走りだした。

機械室の乗組員が「往かせてやれ」と怒鳴った。勝杜は渡久保に羽交い締めにされた。

「敬礼ー」

寺内が号令をかけた。かすれ声だった。手足が震え、涙で頬を濡らした男たちがそれに従った。

古瀬と横川はクルリと背を向けると、機械室の丸い扉を抜けた。

勝杜は渡久保に体を押さえられながらも叫び続けた。

「止めてー。誰か止めてー。古瀬さん、なして笑っているのさ。ヨコ、戻ってこい。なしてさ、なして、こんなことになったのさー。誰か、誰かー」

カツンカツン。

古瀬と横川の靴音が聞こえた。梯子をのぼっていく音だった。

勝杜は腰の力が抜け、泣きじゃくりながらその場にへたりこんでしまった。

エピローグ

『十二月七日。二〇二〇。遂に特殊潜航艇離脱す。港内に侵入開始。何卒《なにとぞ》成功してくれ、無事に生還してくれと全員神に祈る。明ければ八日。〇三〇〇。最初の攻撃が即ち宣戦布告だ。〇二〇〇頃。遠く近く爆音が聞こえる。さては敵が感づいて攻撃か、味方の攻撃は〇三〇〇の筈《はず》だが。

潜水艦最大の苦手、爆弾なり。シュードンと物凄い音が艦内に伝わる。一時間許《ばか》りすると落ちつく。

潜航中なる為に何らの手段の施《ほどこ》す術もなく、運を天に任せるのみ、爆雷攻撃頻繁のため、深度45メートルに保持して聴音防止の為、各種補助電気は停止せられ、管制室は摂氏50度位までに気温上昇して呼吸するさえも困難。非番で寝ていても汗が滲み出て、安眠もできず。

今頃は飛行機、特殊潜航艇が一体となりて空海呼応して大活躍して大戦果を挙げて、真珠湾は修羅場だろう。只、気になるのは、敵艦が一隻も港外に出て来ぬは何ということだろうか』

『十二月八日。ハワイ攻撃第一線哨区を第三潜水隊と交代して特別攻撃隊は後退して特殊潜航艇収容配備点に就《つ》く。子を待つ親の如く、予定の地点第一収容配備点において待てど無線すらなく。航路を違ったのか、それとも撃沈せられたものなりや』

『十二月九日。潜航するまで遂に姿を見せず。また音信なし。夕刻。浮上して第二収容配備点で待ちたるも遂に姿を見せず、還らざる、本日を以《もっ》て捜査断念す。

煙草盆は還りざりき特殊潜航艇の話で持ち切りにて、全員涙を流して在りし日の海軍中尉、古瀬繁道。海軍一等兵曹、横川寛範。二勇士の面影を偲《しの》び語るのみ』

『一九〇〇。宣戦布告から二日目。祖国東京より海外放送が低くスピーカーより流れ出て赫《かく》赫《かく》たる戦果を伝える。戦艦二隻撃沈。戦艦四隻大破。重巡四隻大破。ホノルル型軽巡一隻撃沈。商船四隻大破。開戦以来、ラジオニュースは航空部隊の華々しい戦果のみ。潜水艦部隊のことに就いては一言半句何ら言及されず。我々はこれでも良いが、水冷たき真珠湾の海底に眠る特殊潜航艇の勇士のことを考えれば悲憤を禁じ得ぬ』

勝杜は日記を見つめていた。

万年筆を持つ手が止まったままだった。

書くべきか、書かざるべきか……。勝杜は天井を見上げた。

視線の先には後部兵員室昇降口ハッチの扉が見えた。小さな扉を眺め、あの日、室内にスーッと差しこんだオレンジ色の夕焼けを思い出した。

きれいだった。それは平和の色だった。あの鮮やかな夕焼け空を見た男たちは、皆、平和を願った。戦争のない世界は来るのだろうか。自分の未来はどうなるのだ。オレンジ色の夕焼けを見つめながら、家族と歩いているのだろうか。明日、12月10日夕刻、ハワイをあとにしマーシャル諸島クェゼリン基地に帰投の命を受けた。祖国に戻れるのはいつなのか全くもって不明だが、必ず還る、生きて還る。還ったら短い時間でいい。故郷の北海道に帰り、両親と、弟や妹たちに会いたい。母ちゃんのごはんが食べたい。愛する家族と笑い合いたい。貧しくてもいい。いつか、きっと、必ず、家族と平和に暮らしたい。

家族。自分は家族を持てるのだろうか。ハルちゃんと所帯を持ち、子を授かり、父ちゃんや母ちゃんがじいちゃんばあちゃんになり、弟や妹たちがおじとおばになり、みんなで笑い合いたい。ハルちゃん、必ず還ります。あなたの住んでいる町に。幸せな時間のなかで暮らしたいです。

ハッチを眺めながら、小さな扉の向こうには夢がある、と思った。古瀬中尉の分も、ヨコの人生の分も、生きたい。

いや、あのふたりは、おそらく……。

そうだ、いつの日かまた、ふたりに会うために強く生きよう。

勝杜は日記に目を戻した。

『潜水艦部隊のことに就いては一言半句何ら言及されず。我々はこれでも良いが、水冷たき真珠湾の海底に眠る特殊潜航艇の勇士のことを考えれば悲憤を禁じ得ぬ』

勝杜は続きを書きはじめた。

『潜水艦の任務はあくまでも極秘中の極秘扱ということらしい。だが、その中で唯《ただ》ひとつだけ希望があった』

「お、また書いているな。好きだな、おまえは」

兵員室に戻ってきた寺内が勝杜を見て笑った。

一緒に戻ってきた北が「あれは書いたんかい？」と嬉しそうに聞いてきた。

「あれ？」勝杜は惚けて聞き返した。

「アメリカの無線が言うてたやっちゃ」

北が楽しそうに囁き、寺内が無線で聞いた英語を話しだした。

「Although the small submarine was captured, the soldier did not existin the warship.」

「まさか」

勝杜は否定したが、口元は笑っていた。本当は今まさに、そのことを書こうとしていたところだった。

北はアメリカ人が話す日本語の真似をした。

「チッチャイ潜水艦ヲ、捕獲シタガ、艦内ニ兵隊ハ、存在セズ」

北はこの情報が嬉しくて仕方がないのだ。

「まあ、書けないわな～」寺内は笑った。

「寺内中尉、そんな嬉しい顔をしとったらマズイですよ」北が嬉しそうに茶化した。

「それじゃあ、俺も日記を書くか」

寺内はベッドに座って手帳を取り出し北もそれを真似た。

ほころぶ顔を隠しきれない寺内と北を見ていた勝杜は嬉しくて、嬉しくて、たまらなかった。アメリカの無線の内容が本当なら……。勝杜の頬が緩んだ。

「古瀬さんとヨコは生きている」

そう書こうとしたとき、寺内の声が聞こえた。

「古瀬と横川は生きている」

勝杜は寺内を見た。寺内は声を出しながら日記を書いていた。

「中尉。さすがに声に出すのは。誰かに聞かれたら厄介なことになりますよって」北が小声で寺内に注意をした。

「いいんだよ。俺の心の中で生きている、ってことなんだからな。勝杜、そうだろ」

「はい」勝杜は力強く返事をした。

寺内は力強く言葉を発しながら続きを書いた。

「俺は悲しくはない。全然悲しくない。元気か古瀬？　元気か横川？　またどこかで会いたいな」

寺内は昇降口のハッチを見つめた。北も同じように見つめ、勝杜も見つめた。3人は同じことを考えていた。あの扉の向こうには海があり、海を泳げばハワイだ。たぶん、古瀬と横川は、勝杜が叫んだことを実行したに違いない。陸に駆け上がり、森に隠れたのだ。または日本人村に逃げこんだのかもしれない。

生きている。あのふたりは生きている。勝杜はそう思った。そう思うから俺も生きていける。

古瀬さん、ヨコ、必ず、また会おう。

勝杜は今日までの日記を見つめながら思った。

『あの日、広島県呉軍港で突然の再会をしたように、みんなして笑って、みんなして夢を抱えて、みんなして手を振り合って、みんなして踊って、みんなしてバカやって……みんなで山登って、みんなで……みんなでまたワーッてやりたいなぁ……』

勝杜は文章を見つめていた。

そこには、

口は悪いが、潜水艦乗組員の腹を支える男、渡久保がいて、

限られた時間の中で、古瀬と横川の成功のために特殊潜航艇に命を注いだ宇津木がいて、

臆病と思われていたが、実は伊18号乗組員の命を大切に考えてくれている村松軍医がいて、

主計として生きていくことを決めた、男好きで純粋な永井がいて、

怒りん坊で、暴力的で、見栄っぱりで、一見怖かったけど心優しい大滝がいて、

理想と現実の世界に戸惑いながら、涙を流した堅物《かたぶつ》の二本柳がいて、

出世欲が人一倍強く、上官に忠実で、接吻がしたくてたまらない北がいて、

誰よりも負けず嫌いで、誰よりも海軍を愛し、誰よりも古瀬を好きな寺内がいて、

いつも笑っていた悪戯好きな士官、意志と責任感が強い、硬骨漢《こうこつかん》の古瀬がいて、

皆から愛された一等兵曹、愚直で剛毅木訥の横川の姿があった。
男たちは、笑い合っていた。
小さな手帳の中に世界でもっとも心があたたかい帝国海軍の男たちがいた。

古瀬中尉を演じて

岩田剛典（EXILE/三代目 J Soul Brothers）

本書は、劇作家・桎田正剛による脚本をもとに、作者本人が書きおろした小説である。２００１年の初演から長く愛され続け、２０１３年８月〜９月、青山劇場で劇団EXILEによる『あたっくNo.1』が上演された。誠実に任務を全うする古瀬中尉を演じた、岩田剛典さん（EXILE/三代目 J Soul Brothers）に、当時を振り返り、作品の感想や、役作りへの思い、今後のビジョンを語ってもらった。

――最初に脚本を読んだ時、行き先も目的も知らされず、家族に別れも告げられずに潜水艦に乗り込んだ男たちの物語についてどう思われましたか。

岩田　戦争が人にもたらす狂気を目の当たりにした気がしました。祖父が海軍の航空部隊に所属していたので戦時中の話に触れる機会はありましたが、こと細かに表された潜水艦の中で過ごす時間の描写にショックを受けましたし、時代は移り変われども日本人として知らなくてはいけない部分であると改めて感じさせられました。

——成績優秀、体力も人望もある古瀬中尉を演じていますが、彼をどんな男だと捉えていたのでしょうか。

岩田　人物の背景を知り、人一倍責任感が強く、リーダー気質な漢気《おとこぎ》のある人物だと感じました。任務を全うするために、最後の最後まで口を割らないところも大和魂を感じさせます。

——演じるにあたって、参考にされた映像・書籍などはありますか。

岩田　伊18号乗組員が残した文書や乗組員の生い立ちはもちろんのこと、人間魚雷「回天」などの映像資料、また太平洋戦争をテーマにしたドキュメンタリー映像を参考にしました。

——自ら魚雷となって、敵艦に突撃するという使命を受け入れた古瀬中尉ですが、演じる上でどんなことに気を遣われましたか。

岩田　このストーリーが実話という点です。実在した古瀬中尉、そして御遺族の方々に失礼のないように丁寧に役と向き合いました。

――シリアスな物語でありながら、艦内で渦巻く男たちの友情やライバル関係がコミカルに活き活きと描かれています。特に印象に残っている場面はどこですか。

岩田　横川一等兵曹の誕生日を船員全員でお祝いするシーンは、嵐の前の静けさを彷彿《ほうふつ》とさせ、その儚《はかな》さが深く胸に響きました。

――「帰ってこい、死ぬな」との仲間の声を受け、古瀬中尉は一人ひとりの名前を呼び、「みんな今日まで本当にありがとう」と叫びます。運命を甘受し、全うする力に満ちた声だと思います。どのような思いがありましたか。

岩田　潜水艦の中で過ごしたかけがえのない時間と思い出が、己の運命を受け入れ覚悟を決めた古瀬に、人間が生まれながらにして持つ感謝の気持ちを発せさせたのだと思います。

――岩田さんにとって、仲間とはどのような存在ですか。

岩田　互いに切磋琢磨《せっさたくま》しながらも同じ夢や目標を分かち合える同志です。

――現在、寝る間もない程お忙しい生活を送っていらっしゃると思いますが、その中でこれからの自分がどうなりたいかをイメージする時間などはありますか。

岩田　自分の将来については毎日イメージしますし、自分の持つビジョンは常に言葉で発信してリーダーのHIROさんをはじめ、周りのスタッフの皆さんにも共有して頂いています。

――岩田さんが今感じている、ご自身の使命とは何ですか。

岩田　EXILE、EXILE TRIBE、三代目J Soul Brothersにとって、具体的にグループに貢献出来る存在に成長して中核を担うこと。

——今後舞台に立つ機会があるとしたら、どのような役を演じてみたいですか。

岩田　これまで一度も悪役を演じたことがないので、是非凶悪なヒールを演じてみたいです（笑）。

この作品は二〇一三年八月扶桑社より刊行されたものです。

あたっくNo.1

樫田正剛《かしだしょうご》

平成27年8月5日　初版発行

発行人――石原正康
編集人――袖山満一子
発行所――株式会社幻冬舎
〒151-0051東京都渋谷区千駄ヶ谷4-9-7
電話　03(5411)6222(営業)
　　　03(5411)6211(編集)
振替00120-8-767643

印刷・製本―図書印刷株式会社

装丁者――高橋雅之

幻冬舎文庫

ISBN978-4-344-42371-8　C0193　か-42-1

幻冬舎ホームページアドレス　http://www.gentosha.co.jp/
この本に関するご意見・ご感想をメールでお寄せいただく場合は、
comment@gentosha.co.jpまで。